Ludwig Fleischmann

Über Ernährung und Körperwägungen der Neugebornen und Säuglinge

Antigonos

Ludwig Fleischmann

Über Ernährung und Körperwägungen der Neugebornen und Säuglinge

Unveränderter Nachdruck der Originalausgabe von 1877.

1. Auflage 2024 | ISBN: 978-3-38635-138-6

Antigonos Verlag ist ein Imprint der Outlook Verlagsgesellschaft mbH.

Verlag: Outlook Verlag GmbH, Zeilweg 44, 60439 Frankfurt, Deutschland
Vertretungsberechtigt: E. Roepke, Zeilweg 44, 60439 Frankfurt, Deutschland
Druck: Libri Plureos GmbH, Friedensallee 273, 22763 Hamburg, Deutschland

ÜBER

ERNÄHRUNG

UND

KÖRPERWÄGUNGEN

DER

NEUGEBORNEN UND SÄUGLINGE.

Von

DR. LUDWIG FLEISCHMANN,
Docent an der Wiener Universität.

Wiener Klinik, Juni-Juli 1877.

WIEN, 1877.
URBAN & SCHWARZENBERG,
MAXIMILIANSTRASSE NR. 4.

Meine Herren! *) Bevor ich die künstliche Ernährung des Kindes beginne, will ich noch früher das wichtigste über die Körperwägungen der Neugebornen und Säuglinge mittheilen. Der Gegenstand, über den ich heute zu sprechen beabsichtige, besitzt zwar bereits eine kleine Literatur, wird aber dessenungeachtet nicht in dem Masse von Seite der praktischen Aerzte gewürdigt, als er es sicher verdient.

Vor allen Dingen werden wir gut thun, die Wägungen der Neugebornen von denen des späteren Säuglingsalters gesondert zu betrachten.

I. Gewichtsverhältnisse der Neugebornen.

Was nun diese anbelangt, so liegen hierüber bereits hinlänglich zahlreiche und verlässliche Angaben vor, um sich ein sicheres Urtheil über die Entwicklung des Kindes innerhalb der ersten Lebenswoche zu bilden, was wir jedoch für die spätere Lebenszeit nicht im gleichem Masse behaupten können.

QUETELET muss als einer der ersten genannt werden, der das Anfangsgewicht einer reifen Frucht genau bestimmte; nach 119 Wägungen in der Brüsseler Maternité stellt sich das Gewicht eines Neugebornen auf 3200 Gramm fest.

— — —

*) Vorgetragen an der allgemeinen Poliklinik im Sommersemester 1877.

WINCKEL in Berlin fand . . . . . . 3375—4125 (56 Fälle)
ALTHERR in der Schweiz zwischen . 2500—3500 (480   „)
BOUCHAUD fand in Paris . . . . 3250 (54   „)
KEZMARSKY in Ungarn . . . . 3329 (73   „)
und INGERSLEV in Kopenhagen durchschnittlich 3333 (3450   „)

Wie man sieht, schwankt das Anfangsgewicht einer reifen Frucht je nach dem Beobachtungsmateriale, und es ist kein Zweifel, dass nationale Einflüsse sich hierbei geltend machen.[1])

Man wird jedenfalls keinen grossen Fehler begehen, wenn man der späteren Erörterungen wegen das Anfangsgewicht eines reifen Kindes nach BOUCHAUD mit 3250 Gramm annimmt.

Auf die Verschiedenheiten des Anfangsgewichtes sind aber auch die sexuellen Verhältnisse der Kinder von Einfluss, und zwar derart, dass die Knaben stets um einiges schwerer wiegen als die Mädchen; so fand QUETELET das Durchschnittsgewicht der Knaben mit 3200 Gramm, der Mädchen mit 2910; ALTHERR fand von 222 reifen Knaben ein Durchschnittsgewicht von 3214 Gramm, von 189 reifen Mädchen ein solches von 3077 Gramm. INGERSLEV endlich, der bis auf RITTER die grösste Anzahl von Wägungen anstellte, fand für Knaben 3380, für Mädchen 3280 Gramm.

Von grossem Einflusse auf die Grösse des Kindes und auf dessen Initialgewicht ist der Umstand, ob die Mutter eine Erst- oder eine Mehrgebärende ist. Während SIEBOLD keinen Unterschied auffinden konnte, haben spätere Untersuchungen einen solchen bestimmt erkennen lassen; so fanden FRANKENHÄUSER und HECKER die Kinder späterer Schwangerschaften um 140 Gramm schwerer als die von Primiparale;

$$H\ \text{ALTHERR fand für den Knaben einer Primipara} = 3152$$
$$\text{„} \qquad \text{„} \quad \text{„} \quad \text{„} \quad \text{„} \qquad \text{„} \quad \text{Multipara} = 3272$$
$$\text{Differenz} = \quad 120,$$

jüngst hat auch INGERSLEV den Gegenstand wieder aufgenommen und fand als Durchschnittsgewicht der Kinder Erstgebärender 3254, dagegen bei denen Mehrgebärender 3412, demnach um 158 Gramm grösser.

INGERSLEV ging noch weiter, er studirte den Einfluss der einzelnen Schwangerschaften, sowie des Alters der Mutter auf die Gewichtsverhältnisse der Kinder; das Resultat dieser eingehenden Untersuchungen stimmt vollkommen mit den Angaben HECKER's überein, wornach bis zu einer gewissen Grenze die Anzahl der Schwangerschaften auf das Durchschnittsgewicht der Neugebornen einen unverkennbaren Einfluss besitzt, und zwar in der Weise, dass dasselbe in steter Zunahme sich befinde, wie folgende Tabelle erkennen lässt.

---

[1]) Das kleinste bisher beobachtete Gewicht hat Ritter gefunden; es betrug 717 Gramm; das grösste fand Whright mit 6123 Gramm bei einem zu Cuckfield im Jahre 1869 geborenen Knaben, dem 7. Kinde einer Bäuerin.

(Alter der Mutter: 15—44 Jahre.)

1. Schwangerschaft $=$ 3254 Gramm (1723 Fälle)
2. „ $=$ 3391 „ (986 „)
3. „ $=$ 3400 „ (365 „)
4. „ $=$ 3424 „ (145 „)
5. „ $=$ 3500 „ (231 „)[2]

Weniger zutreffend ist der Einfluss des Alters der Mutter auf die Zunahme des kindlichen Gewichtes, doch zeigt sich auch hier bis zu einer gewissen Periode ein förderndes Uebereinstimmen:

Alter der Mutter		Gewicht des Kindes	
15—19 Jahre	$=$	3241 Gramm	
20—24 „	$=$	3299	„
25—29 „	$=$	3342	„
30—34 „	$=$	3375	„
35—39 „	$=$	3428	„
40—44 „	$=$	3326	„

Vom 40. Lebensjahre der Mutter ab nimmt demnach das Durchschnittsgewicht der Kinder sichtlich an Grösse ab.

Wir gehen über zu dem Verhalten des Körpergewichtes der Neugebornen in der ersten Zeit nach der Geburt.

Burdach und Chaussier machten die interessante Wahrnehmung, dass die Kinder vor dem Beginne ihrer regelmässigen Zunahme früher eine Abnahme ihres Anfangsgewichtes durchmachen; Quetelet, der sich gleichfalls damit beschäftigte, war der erste, der hierfür genaue Angaben aufstellte. Nach ihm fällt die Abnahme in die ersten drei Tage nach der Geburt; gleiches beobachteten Haacke, Winckel, Gregory, Altherr, Kezmarsky, Snitkin und Ingerslev; wir wollen aus der Arbeit des letzteren Autors, der sich am eingehendsten mit dem Gegenstande befasste, das wichtigste mittheilen.

Vor allem ist zu bemerken, dass zwischen der Zeit der Abnahme und Zunahme keine Periode des Stationärbleibens vorkommt, sondern dass unmittelbar nach der Geburt der Gewichtsverlust beginnt, einige Tage anhält und dann wieder einer Zunahme weicht.

Mit Ausnahme von drei Kindern unter 96 fand Ingerslev bei allen in den ersten zwei Tagen eine Gewichtsabnahme; dieselbe erstreckte sich bei einigen bis über den 10. Tag hinaus; durchschnittlich stellte sich der Zeitraum, bis wieder eine Zunahme sich bemerklich machte, auf vier Tage dar, während Quetelet und Andere nur drei Tage annehmen.

---

[2] Hecker:
1. Kind $=$ 3201 Gramm
2. „ $=$ 3330 „
3. „ $=$ 3353 „
4. „ $=$ 3360 „
5. „ $=$ 3412 „
6. „ $=$ 3353 „

Der absolute Gesammtgewichtsverlust in den ersten Tagen betrug durchschnittlich 222·6 Gramm; diese Ziffer stimmt genau mit der von KEZMARSKY ermittelten überein; es ist nicht ohne Interesse zu bemerken, dass das arithmetische Mittel aus den Angaben von GREGORY (208), WINCKEL (226), QUETELET (233) und KEZMARSKY (222) gleichfalls die Zahl 222 gibt, so dass man diese Grösse als die am besten zutreffende Ziffer der in den ersten Tagen vorkommenden Gewichtsabnahme ansehen kann, welche etwa $1/14 — 1/15$ des Körpergewichtes eines reifen Neugebornen entspricht.

Bereits GREGORY hat konstatirt, dass dieser Gewichtsverlust schon in den ersten Stunden nach der Geburt beginne; darin pflichten ihm auch andere Beobachter bei; wo der Verlust nicht eintrat, lag es zumeist an der noch nicht erfolgten Entleerung von Harn und Meconium, so dass bei diesen erst einige Stunden später die Abnahme eintrat.

Hier zeigte sich auch die Art der Wägungen von Einfluss; so fand KEZMARSKY da, wo nur einmal täglich gewogen wurde, die Ab- und Zunahme um einen Tag später, als da, wo täglich zwei oder mehrere Wägungen vorgenommen wurden.

GREGORY fand bei sechs Kindern in den ersten sechs Stunden eine Durchschnittsabnahme von 27 Gramm, KEZMARSKY bei 12 Kindern durchschnittlich 51 Gramm Abnahme.

Bezüglich der Dauer der Abnahme existiren einige Differenzen; QUETELET nimmt hiefür drei Tage an, wornach wieder eine Zunahme beginnt, ohne dass jedoch der Säugling am Ende der ersten Lebenswoche sein ursprüngliches Gewicht erreicht; wie ich bereits erwähnte, fand INGERSLEV für seine Kinder die Dauer der Abnahme durchschnittlich 4·1 Tage. Die Mehrzahl der Autoren geben an, dass die Zunahme durchschnittlich am dritten Tage wieder beginne. Trennt man die beobachteten Kinder in Brustkinder und Wasserkinder, wie dies GREGORY that, so löst sich die Differenz, und es fällt das Resultat zu Gunsten ersterer aus, die bereits am dritten Tage (nach der 48. Stunde) durchschnittlich eine Zunahme aufzuweisen haben, während die Wasserkinder um 2—3 Tage länger abnehmen.

Während einige Autoren behaupten, wie z. B. HAAKE, WINCKEL, GREGORY, dass Knaben einen geringeren Gewichtsverlust und eine rapidere Zunahme erfahren, fanden KEZMARSKY und INGERSLEV für die Knaben sowohl einen absolut als relativ grösseren Verlust, als für die Mädchen und zwar: $6·9°/_0 : 6·8°/_0$. Das Verhältniss der zunehmenden Tage war wie $4·2 : 4$; erst am 10. Tage stellte sich das Verhältniss für die Knaben insoferne günstiger, als die Zunahme um diese Zeit eine grössere und der erlittene Verlust schneller ausgeglichen war als bei Mädchen.

Auch hier macht sich der Einfluss der mütterlichen Schwangerschaften wieder geltend, insoferne als die Kinder der Multiparae sowohl absolut als relativ geringere Gewichtsverluste zeigen als die der Primiparae (INGERSLEV — 6·5 % : 7·2 %).

KEZMARSKY fand eine raschere Zunahme der Kinder Mehrgebärender, namentlich der Knaben derselben, weil sie früher und kräftiger saugen, dann auch weil die Mütter als Mehrgebärende eine ergiebigere Milchquelle haben als Erstgebärende.

Nimmt man den absoluten Gewichtsverlust, so ist er begreiflich grösser bei den kräftigsten Kindern; das Entgegengesetzte findet statt, wenn man den Verlust mit Rücksicht auf das ursprüngliche Körpergewicht berechnet, hier zeigt sich derselbe bei den schwächsten am grössten (7·7 % : 6·3 %).

Wie wohl die überwiegende Mehrzahl der Beobachter sich für eine regelmässige Gewichtsabnahme in den ersten Tagen des Neugebornen ausspricht, so soll es nicht verschwiegen werden, dass auch gegentheilige Erfahrungen vorliegen; so citirt ALLIX in seinem Werke einen Fall von SCHWARTZ, wo ein Brustkind am Ende der ersten Lebenswoche statt abzunehmen 750 Gramm gewonnen hat. KEHRER hat die Frage an jungen Säugethieren studirt und gefunden, dass Hunde und Katzen ununterbrochen, aber ungleichmässig nach der Geburt zunehmen, während wieder EDLEFSEN in Kiel eine constante, verschieden lange Abnahme bei Meerschweinchen fand. Es existiren also auch unter den Thieren in dieser Beziehung Verschiedenheiten und Rückschlüsse auf den Menschen sind nicht ohne Weiteres gestattet. KEHRER kommt zu dem Schlusse, dass es nothwendig sei, die Wöchnerinnen besser zu nähren, und GREGORY fand in der That, dass eine kräftige Ernährung der Wöchnerin die Zeit der Gewichtsabnahme beim Säugling abzukürzen in der Lage sei, und dass deren Zunahme regelmässiger und grösser werde.

SIEBOLD, BOUCHAUD und namentlich RITTER geben zwar eine Gewichtsabnahme in den ersten Tagen ziemlich regelmässig an, erklären sie aber nur durch äussere Momente (Stuhl- und Harnabgang etc.) bedingt, während diesen Verlusten gegenüber doch eine Zunahme stattfinden soll, die nur keinen positiven Ausdruck finde. Der Ansicht KEHRER's pflichtete jüngstens auch KRÜGER bei, der dadurch, dass er Kinder Erstgebärender, bei denen bekanntlich am ersten Tage nach der Entbindung eine äusserst geringe Milchabsonderung vorhanden ist, an die Brust Mehrgebärender legte, den Gewichtsverlust der Kinder bedeutend verminderte; ja er ist der Ueberzeugung, dass der Verlust bei guter Ernährung vollkommen ausgeglichen werden könne.

Es ist von grossem Interesse zu erfahren, ob dies wirklich möglich sei? Um hierüber Sicherheit zu erlangen, liess INGERSLEV 16 Kinder unmittelbar nach der Geburt durch andere, 4—5 Tage früher entbundene Frauen, deren Milchabsonderung bereits im guten Gange war, säugen und verglich sodann den Gewichtsverlust dieser Kinder mit solchen, welche in der gewohnten Weise von ihren eigenen Müttern gesäugt wurden. Das

Resultat war überraschend genug. Die so begünstigten Kinder zeigten nicht nur einen grösseren Gewichtsverlust (7·4 : 6·6), sondern selbst eine relativ spätere Zunahme.

Es ist demnach keinem Zweifel unterworfen, dass der Gewichtsverlust in der ersten Zeit eine regelmässige Erscheinung ist, und dass man Recht hat, denselben als ein physiologisches Faktum zu erklären, das, wie dies bereits HAAKE behauptete, nicht umgangen werden kann und gewiss mit der mangelhaften Assimilationsfähigkeit des Kindes in den ersten Lebenstagen zusammenhängen mag.

Auch die neuestens von SCHÜCKING wieder betonte Methode der Unterbindung der Nabelschnur nach Ablösung der Placenta und nach Aufhören der Pulsation in derselben (WINCKEL) konnte nur das eine erreichen, dass die so behandelten 10 Kinder um $^9/_{10}$ Tage früher zunahmen, also die Zeit der Abnahme 3·2 Tage andauerte (INGERSLEV).

Wir haben noch eines Umstandes zu erwähnen, d. i. ob der Abfall des Nabelschnurrestes, wie dies WINCKEL behauptete, in einem causalen Zusammenhange mit der Gewichtszunahme stehe? Derselbe beobachtete nämlich, dass bei gesunden Brustkindern die Wiederzunahme des Gewichtes in der Regel mit dem Abfall des Nabelschnurrestes zusammenfalle. Diese Idee ist bestechend, da man gewissermassen einen leichtfasslichen Grund für die Abnahme einerseits, und für die Wiederaufnahme andererseits besässe; es würde sich nämlich darum handeln, dass die Funktion der Leber als gallenabsonderndes und blutbereitendes Organ so lange nicht normal werden könne, bis nicht die Obliteration der Nabelvene zu Stande gekommen und dadurch die Druckverhältnisse bleibend geregelt sein würden. Wir wollen untersuchen wie sich die Sache verhält, wobei begreiflicherweise nur eine grosse Reihe von Beobachtungen, die jede Zufälligkeit ausschliessen, in die Wagschale fallen kann.

Der Ansicht WINCKEL's wurde alsbald von Seite HAAKE's und GREGORY's widersprochen, welche diesen Zusammenhang nicht herausfinden konnten. KEZMARSKY notirte in 25 Fällen nur dreimal das zeitliche Zusammentreffen des Nabelschnur-Abfalles mit der Wiederzunahme des Gewichtes, in den übrigen Fällen trat letztere entweder früher ein (80%) oder auch später (8%). KRÖGER wieder will aus dem gesteigerten Nahrungsbedürfniss der Kinder am 4.—5. Tage einen Rückschluss auf die Regelung der Circulation durch den Abfall der Nabelschnur ziehen und hält die Behauptung WINCKEL's aufrecht.

Ich will hier bemerken, dass die Beobachtungszahlen der bisher genannten Autoren durch die INGERSLEV's weit übertroffen werden. Wie schon gesagt wurde, beobachtete dieser letztere einen Zeitraum von 4·1 Tagen bis zur beginnenden Gewichtszunahme der Kinder; vergleicht man damit die Durchschnittszeit bis zum Abfallen der Nabelschnur (5·6 Tage oder 5·14 Tage, wenn man nur die (50) ganz gesunden Kinder berücksichtigt) so findet man durchaus keine Uebereinstimmung, da der Abfall in der Mehrzahl der Fälle später eintrat, als die Gewichtsaufnahme. Die Differenz von einem Tage ist hier wohl von keiner geringen Bedeutung, da zur Zeit des Abfalles der Nabelschnur die Involution der fötalen Wege bereits geschehen sein muss, demnach ein Einfluss auf die Druckverhältnisse der Leberblutgefässe und auf die Ernährung um diese Zeit deutlich sein müsste. Uebrigens widersprechen dieser Annahme ganz besonders jene Fälle, wo der Nabelschnurrest auffallend spät abfiel, während die Gewichtszunahme zur bestimmten Zeit eintrat. Wir müssen demnach, wie die Sachen heute stehen, einen Zusammenhang der Gewichtszunahme mit dem Abfall des Nabelschnurrestes in Abrede stellen und das etwaige Zusammentreffen beider Vorgänge für ein rein zufälliges halten.

Wir kommen zur Berechnung des Gesammtverlustes und derjenigen Momente, welche den Gewichtsverlust in den ersten Tagen besonders beeinflussen. Ich wiederhole hier, dass die Grösse des Gesammtgewichtsverlustes durchschnittlich für ein mittelstarkes Kind auf etwa 222 Gramm geschätzt wird; stärkere Kinder gehen in der Regel über diese Zahl hinaus. So beobachtete INGERSLEV in 9 Fällen einen Gewichtsverlust von über 300 Gramm und bei einem 7 Pfund schweren Kinde die höchste Ziffer von 510 Gramm Verlust innerhalb der ersten fünf Tage. Die Zunahme begann am 6. Tage und ging regelmässig und rapid vor sich.

Es ist keinem Zweifel unterworfen, dass an dem jähen Gewichtsabfall in den ersten Stunden nach der Geburt vor allem die Entleerung der Blase und des Darmes theilnehmen. Nach BOUCHAUD beträgt der Verlust an Meconium etwa 60—90 Gramm, durch die Harnausscheidung 10—15 Gramm; dazu kommt noch der Wasserverlust durch die Transpiration von Haut und Lunge $=$ 50—60 Gramm, Verlust der Feuchtigkeit der Haare und Nägel etc. etwa 5 Gramm: so ergibt sich im Ganzen ein messbarer Gesammtverlust von höchstens 230 Gramm in Uebereinstimmung mit der früher angegebenen Ziffer. Dass es durchaus nicht genügt, durch vermehrte Nahrungszufuhr den Gewichtsverlust gänzlich zu umgehen [3]), haben wir bereits besprochen und es muss demnach noch ein anderer Faktor mitwirken, der in der ungenügenden Nahrungsaufnahme, in der mangelnden Assimilationsfähigkeit gelegen sein mag. Alle diese Gründe zusammengekommen, bilden das physiologische Moment der Gewichtsabnahme; diesem gegenüber steht das pathologische Moment, beruhend auf Erkrankungen der Verdauungswege des Neugebornen, auf Icterus als

---

[3]) So zeigte Fall IV von Krüger bei der beträchtlichen Menge von täglich consumirter Milch (1000 Gramm) nichtsdestoweniger eine Abnahme an Körpergewicht um 138 Gramm; der günstige Einfluss der vermehrten Nahrungszufuhr äusserte sich also in der geringeren Abnahme und der rascheren Zunahme. So überschritt der Knabe am 7. Tage sein Geburtsgewicht.

Ausdruck der Erkrankung der Leber und der Nabelvene, auf Sclerose, Ophthalmia purulenta, Blutungen, auf Schwäche der Lunge und Behinderung des Saugeaktes, auf krankhafter Beschaffenheit der Milch etc.

Resumiren wir in Kürze das eben Erörterte, so lässt sich Folgendes behaupten: Jedes Kind verliert in den ersten Tagen nach der Geburt an Gewicht; tritt ausnahmsweise eine Zunahme ein, so ist diese vorübergehend und kann bedingt sein durch Verlust des Meconiums während der Geburt oder nach der ersten Wägung, während mittlerweile das Kind getrunken hat; dann zeigt sich der Verlust bei den nächsten Wägungen. Der Verlust beträgt durchschnittlich $^1/_{14}$—$^1/_{15}$ des Körpergewichtes und ist bei den Kindern Erstgebärender, sowie bei den stärkeren Knaben beträchlicher als bei Mädchen, wogegen jene rascher ihre Verluste wieder ausgleichen als die schwächeren Mädchen; je weniger entwickelt und namentlich je frühreifer ein Kind ist, desto grössere Verluste erleidet es, desto später nimmt es zu. Die Zunahme beginnt mit dem 3.—4. Tage und ist unabhängig von dem Abfall des Nabelschnurrestes: der Verlust kann durch den Abgang von Harn und Meconium allein, wie dies KRÜGER behauptet, nicht erklärt werden, da dieser kaum die Hälfte des Gesammtverlustes beträgt; man muss auch die körperliche Consumption, den Stoffverbrauch, der sich in den Ausscheidungen von Haut und Lungen äussert, mit in Rechnung ziehen, wodurch sich die Gewichtsabnahme als ein physiologisches Postulat ergibt.

Wir haben uns weiter damit zu beschäftigen, wann das normale Gewicht des Kindes wieder erreicht wird? QUETELET ist wieder einer der ersten, der sich hierüber ausspricht; nach diesem Autor hat ein Kind am 7. Lebenstage sein Anfangsgewicht noch nicht erreicht, es ist noch um 140 Gramm im Rückstande; BOUCHAUD hatte im Jahre 1867 in der Pariser Maternité an 54 Neugebornen Wägungen sorgfältig vorgenommen und 49mal eine Abnahme des Gewichtes gefunden; alle 49 Kinder hatten am 7. Tage ihr ursprüngliches Gewicht wieder erlangt. Wir müssen dies als ein besonders günstiges Resultat bezeichnen.

Nach INGERSLEV hatten am 10. Lebenstage 30 Kinder eine durchschnittliche Zunahme von 178 Gramm aufzuweisen, 19 waren noch im Rückstande mit 149 täglich, 1 Kind ist stationär geblieben. Wie sehr eine reichliche Ernährung gleich in den ersten Tagen die Zeit der Abnahme abkürzen könne, ersehen wir deutlich aus 10 Fällen GREGORY's, von denen alle mit einer einzigen Ausnahme am 8. Lebenstage ihr Anfangsgewicht bereits überschritten hatten. Unter 55 Kindern aus der Privatpraxis des D. CNOPF in Nürnberg hatten 46 am 10. Tage eine Zunahme, 9 eine Abnahme aufzuweisen; im Ganzen erwiesen sich die Verhältnisse der Privatpraxis für die Gewichtszunahme viel günstiger als in den Findelanstalten, was wohl nichts Ungewöhnliches ist.*)

*) Historische Mittheilungen über die Wägungen der Neugebornen. Von Dr. J. Cnopf, Nürnberg 1875.

Im Allgemeinen kann man sagen: die Entwicklung eines Kindes ist als eine günstige anzusehen, wenn es am 2. und 3. Tage die durchschnittliche Abnahme von 222 Gramm nicht überschritten hat, und am 8.—9. Tag sein ursprüngliches Gewicht wieder erreicht hat. (KRÜGER.)

Bevor wir an den zweiten Theil unserer Arbeit, an die tägliche Zunahme der Kinder nach der ersten Lebenswoche übergehen, wollen wir kurz noch jene Umstände erörtern, welche auf das Initialgewicht überhaupt Einfluss nehmen. Wir wollen hierbei absehen von der Constitution der Eltern, von der Familien-Erblichkeit und was der Dinge mehr sind; diese Einflüsse sind unbezweifelt und berühren eben alle Kinder einer Familie mehr weniger. Hier aber handelt es sich um gewisse Einflüsse der Mutter auf das Körpergewicht ihrer verschiedenen Kinder während der Zeit der Gravidität. Dass ein solcher Einfluss besteht, ist ausser allem Zweifel. So sahen wir, dass es durchaus nicht ohne Folgen ist, ob eine Frau zum erstenmale schwanger ist, oder ob sie bereits geboren hat; auch die Anzahl der Schwangerschaften übt auf das Initial-gewicht der Kinder einen Einfluss und zwar bis zu einer gewissen Grenze eine Zunahme, dann eine entschiedene Verminderung, welche letztere offenbar mit einer Erschöpfung des mütterlichen Organismus im Zusammenhange steht.

Von besonderem Einflusse ist das häufige Erbrechen während der Schwaugerschaft. Der Gewichtsverlust des Kindes kann hiedurch bedeutend werden. BOUCHAUD erzählt von einer starken, kräftigen Dame, die ein Kind von blos $2^1/_2$ Kilo zur Welt brachte. Auch Scrophulose und Syphilis der Eltern soll das kindliche Gewicht beeinflussen und zwar besitzen die Früchte letzterer selten über 2 Kilo, während nach geheilter Syphilis der Eltern die Kinder wieder normales Gewicht erlangen. Uebrigens findet man gerade bei Syphilis häufig genug Abweichung von der Regel und sind kräftige und schwere Früchte keine allzu grosse Seltenheit. Im Allgemeinen kann man behaupten, dass Kinder, die mit manifester Syphilis zur Welt kommen, ein Gewicht besitzen, das unter dem normalen Mittel ist, während diejenigen, bei denen sich die Er-scheinungen der Lues erst später, etwa im 3—6. Monate entwickeln, an Gewicht den gesunden Kindern gleichzustellen sind. Blutungen während der Schwangerschaft, wenn sie einigermassen bedeutender werden, können einen Verlust von 1—2 Kilo bewirken; nicht uninteressant ist die Beob-achtung von FOISY, nach welcher Varices der Mutter eine Verminderung um 50—200 Gramm bewirken sollen. Ferner wirken Krämpfe der schwangeren Mutter ungemein störend auf die körperliche Entwicklung des Kindes ein.

Dass endlich gewisse auf den Placentar-Kreislauf bezügliche Verhältnisse gleichfalls auf das infantile Gewicht von Einfluss werden können, ersehen wir aus den mitunter grossen Gewichtsdifferenzen von Zwillingen, und erinnere ich hier an jenes geistreiche Wort HYRTL's, das auf einem diesbezüglichen Corrosionspräparat auf der Weltausstellung 1873 zu lesen war: „Der Kampf um's Dasein beginnt bereits im Mutterleibe", oder auf unsere Verhältnisse angewendet: Der Kampf um's Initial-gewicht wird bereits im Mutterleibe ausgekämpft.

II. Tägliche Gewichts-Zunahme der Säuglinge.

Wie stellt sich die tägliche Zunahme des Kindes nach der ersten Lebenswoche? Mit der Beantwortung dieser Frage betreten wir ein äusserst wichtiges Gebiet der pädiatrischen Praxis; es ist einleuchtend, dass von der genauen Kenntniss des kindlichen Wachsthums in den einzelnen Zeitperioden eine wissenschaftlich durchgeführte Ernährung wesentlich abhängig ist, und es muss uns daher billig wundern, dass diese wichtigen Vorarbeiten so lange nahezu gänzlich vernachlässigt wurden.

Der Weg auf dem man zu der bezeichneten Kenntniss gelangen kann, ist ein zweifacher: Die Analyse, die sich aus einzelnen Beobachtungen aufbaut, und die Synthese, die aus allgemeinen Wahrnehmungen Rück-schlüsse auf einzelne Zeitperioden macht.

Es dürfte bezeichnend genug sein, dass man bis in die allerneueste Zeit gerade letztere Art der Forschung mit Vorliebe pflegte. Man wog das Kind zu verschiedenen, längeren Zeitperioden, etwa nach der Geburt, dann wieder am Ende des 5. Monates, und fand eine bestimmte Zunahms-quote; diese wurde nun proportional auf die einzelnen Monate, Wochen und Tage vertheilt; ebenso verfuhr man mit den späteren Lebensperioden, und auf diese Weise bekam man der Wirklichkeit mehr weniger nahe-stehende Tabellen; dieselben müssen begreiflicherweise ausser dem genannten Fehler noch andere Uebelstände besitzen, die darauf fussen, dass das gesammte Beobachtungsmateriale der Findel- oder Spitalspraxis ent-nommen wurde. Es fehlt bis heute noch die Controle durch die, für die Ernährung der Kinder viel günstigero Privatpraxis. Es wird mein Be-streben sein, diese Lücke durch gegenwärtige Arbeit theilweise ausfüllen zu helfen. Doch davon später.

Was den analytischen Weg betrifft, so verdanken wir ihm, so jung er auch ist, bereits wichtige Bereicherungen unseres Wissens, wenngleich nur für eine kleine Spanne Lebenszeit; wir wollen mit der analytischen Darstellung beginnen, da sie uns zunächst Aufschluss über die körperliche Zunahme der ersten Lebenswochen gibt. Wägt man ein Kind vor und nach dem Anlegen an die Mutterbrust, so bekommt man die jedesmalige Nahrungsmenge, die keineswegs identisch ist mit der jedesmaligen Zunahme. Auf diese Weise nun hat KRÜGER für die ersten 10 Lebenstage (ohne Unterschied des Körpergewichtes der Kinder und der Konstitution der Mutter) folgende Tabelle zusammengestellt (275 Wägungen):

$$
\begin{aligned}
1.\ \text{Tag} &= \times \times &&= 1\tfrac{1}{6}\text{—}15 \text{ Gramm} \\
2.\ \text{„} &= 6 \times 16 &&= 96 \text{ Gramm (18 Versuche)} \\
3.\ \text{„} &= 8 \times 24 &&= 192 \text{ „ (17 „)} \\
4.\ \text{„} &= 8 \times 29 \cdot 25 &&= 234 \text{ „ (12 „)}
\end{aligned}
$$

$$5.\ \text{Tag} = 8 \times 45\cdot3 = 363 \text{ Gramm (14 Versuche)}$$

6.	„	$= 9 \times 49$	$= 441$	„	(13 „)
7.	„	$= 9 \times 55\cdot6$	$= 501$	„	(13 „)
8.	„	$= 9 \times 57\cdot5$	$= 518$	„	(13 „)
9.	„	$= 9 \times 69$	$= 621$	„	(11 „)
10.	„	$= 9 \times 72$	$= 648$	„	(6 „)
11.	„	$= 9 \times 78\cdot6$	$= 705$	„	(6 „)

Am 1. Lebenstage tranken 44% Erstgebärender und 10% Mehrgebärender gar nicht.

Die Mütter legten ohne irgend welche Beeinflussung die Kinder am

2.	Tage	6mal an die Brust
3.	„	8 „ „ „ „
4.— 5.	„	8 „ „ „ „
6.—11.	„	9 „ „ „ „

Was die körperliche Zunahme betrifft, so betrug sie in den 4 ersten Tagen durchschnittlich bei jeder Nahrungsaufnahme $5\frac{1}{4}$ Gramm; vom 5. Tage an konnte KRÜGER eine plötzliche Zunahme bemerken, die er irrthümlicherweise mit dem Abfall der Nabelschnur im Zusammenhang bringt; aus seiner Tabelle ergibt sich jedoch, dass diese Zunahme mit der grösseren Milchmenge (8×45) um diese Zeit einerseits, mit dem öfteren- Anlegen (am 6. Tage) andererseits in Verbindung zu bringen ist.

Auch SNITKIN in Petersburg verfuhr wie KRÜGER; er wog 225 Kinder im Alter von 1 Tag bis 1 Monat vor und nach dem Trinken und erzielte auf diese Weise 11.709 Bestimmungen, so dass durchschnittlich auf 1 Alter 400 entfallen; er fand, dass jeder Tag, den das Kind älter und schwerer wird, die Menge der Milch eine grössere ist; im Durchschnitte ergab sich in 2276 Fällen eine Mahlzeit mit 30 Gramm, in 2 Fällen mit 150 Gramm. Die Grösse der Mahlzeit richtete sich proportional nach dem Körpergewichte; so nehmen Kinder

von	2000 Gewicht auf einmal 20 Gramm					
„ 3000—3500	„	„	„	30	„	
„ 3500—4500	„	„	„	50	„	

Dieser grosse Spielraum zeigte sich auch in der Gewichtszunahme im 1. Lebensmonate; er betrug 40—1200 Gramm, je nach der Konstitution des Kindes.

Das Resultat seiner Untersuchung fasst SNITKIN folgendermassen zusammen: Ein Säugling soll am 1. Tage bei jeder Säugung $\frac{1}{100}$ seines Körpergewichtes bekommen, und jeden folgenden Tag um 1 Gramm per Mahlzeit mehr.

Die Anzahl der täglichen Säugungen ist durchschnittlich 10—11. Nehmen wir dies mit SNITKIN an, und berechnen wir die Tabelle für die ersten 10 Lebenstage, so finden wir durchaus keine Uebereinstimmung mit KRÜGER; es sind die Zahlen SNITKIN'S bis zum 5. Tage grösser, von da an aber viel kleiner als die von KRÜGER gefundenen. Wir müssen daher den empirischen Weg entschieden dem der Abstraktion vorziehen.

Wie weit man aber durch rein theoretische Annahmen abirren könne von der Wahrheit, zeigt uns deutlich das Beispiel von NATALIS GUILLOT, der als durchschnittliche Milchmenge für eine Mahlzeit 25 Gramm berechnet und annimmt, dass ein Kind täglich im Durchschnitt 25 mal an die Brust gelegt wird; durch einfache Multiplication bekam er für

$$\text{ein Kind von} \quad 2 \text{ Tagen} = 675 \text{ Gramm}$$
$$\text{„} \quad \text{„} \quad \text{„} \quad 5 \quad \text{„} = 2800 \quad \text{„}$$
$$\text{„} \quad \text{„} \quad \text{„} \quad 18 \quad \text{„} = 2975 \quad \text{„}$$

Das sind übertriebene Zahlen. . . .

In den entgegengesetzten Fehler verfiel die französische Versuchs-Kommission, welche über Auftrag der Akademie der Wissenschaften sich mit dem Gegenstande befasste; PARROT veröffentlichte die Resultate der Kommission, die folgende sind:

1. Monat täglich 200 Gramm und Zucker täglich 30 Gramm
2. „ „ 400 „ „ „ „ 40 „
6. „ „ 670 „ „ „ „ 50 „

Man machte der Versuchs-Kommission den Vorwurf, dass ihr sämmtliche Kinder an Inanition zu Grunde gegangen seien, was jedoch LESSAINAC widerlegte.

Ich muss hier bemerken, das Dr. PARROT in letzter Zeit seine Angaben erhöht hat und zwar für den 1. Monat auf 300 Gramm Milch, für den 2. auf 600 und für den 6. auf 800.

Ausser KRÜGER und SNITKIN hat sich auch in neuester Zeit Madame BRÉS mit der Erforschung der täglichen Milch-Nahrungsmenge der Säuglinge beschäftigt; ihr Beobachtungsmaterial umfasst 6 Kinder im Alter von 3 Tagen bis 9 Monate; sämmtliche Kinder wurden während 24 Stunden jedesmal vor und nach dem Anlegen an die Brust gewogen, und die tägliche Milchmenge erurirt, ausserdem noch einzelne Milchproben jeder Frau chemisch genau untersucht. Sie fand

Körpergewicht	Menge in 24 Stunden	Durchschnittlich per Mahlzeit	Alter des Kindes
I. 3010 Gramm	700	35	3 Tage
II. 3840 „	718	65	5 „
III. 4380 „	686	57	5 „
IV. 5465 „	700	64	3 Monate
V. 7190 „	950	53	3 „
VI. 8325 „	1000	91	9 „

Wie man sieht, hängt zunächst die Menge der genossenen Milch von dem Körpergewicht des Kindes ab, dann auch von dem Alter desselben. Die Anzahl der innerhalb 24 Stunden vorgekommenen Säugungen betrug für ein Kind durchschnittlich 12, eine Zahl, die wegen der Kleinheit des Beobachtungsmateriales zu weiteren Schlüssen nicht verwendet werden kann. Doch das eine kann man abstrahiren, dass die Milchmenge einer Mahlzeit sehr verschieden ausfällt, dass es demnach nicht angeht, die 24stündige Menge durch einfache Multiplication einer einzigen Mahlzeit zu berechnen, wie dies von den Autoren so gerne geschieht.

Wir lernen aus obiger Tabelle ferner die durchschnittliche Menge Milch kennen, die ein Kind innerhalb der ersten 3 Monate täglich verbraucht; sie beträgt etwas über 700 Gramm.

Unzweifelhaft aus einer Kombination beider Methoden, der analytischen wie synthetischen, ist die Tabelle BOUCHAUD's hervorgegangen, die die Zeit des ganzen ersten Lebensjahres umfassend als die vollständigste in ihrer Art angesehen werden muss. Wir wollen zuerst die für die einzelnen Mahlzeiten angegebenen Zahlen betrachten.

I. Tabelle nach Bouchaud.

In 24 Stunden	10 Mahlzeiten				9 Mhlzt.	6—7 Mahlzeiten		
	1. Tag	2. Tag	3. Tag	4. Tag	1. Monat	2. Mnt.	3. Mnt.	4—9 Monat
Milch einer Mahlzeit	3	15	40	55	70	100	120	150
Milch in 24 Stunden	30	150	400	550	650	700	840	950

Vergleichen wir diese Tabelle mit den früher ermittelten Zahlen, so finden wir für den ersten Lebenstag insoferne eine Uebereinstimmung, als die Kinder in der That theils wegen Mangel an Milch, theils wegen ihrer eigenen Hilfslosigkeit nur ganz geringe Mengen zu sich nehmen, wiewol die Kapazität ihres Magens um diese Zeit, wie ich gezeigt habe, bereits für grössere Mengen eingerichtet ist. Die übrigen Tage differiren dagegen mit den Angaben KRÜGER's und SNITKIN's um ein Bedeutendes und scheinen nicht der Wirklichkeit zu entsprechen. Die Menge im 1. Lebensmonat dagegen zeigt sowohl mit der Angabe KRÜGER's eine ziemliche Uebereinstimmung als auch mit der von mir anatomisch eruirten Fassungsfähigkeit des kindlichen Magens pr. 72 Cc. im Durchschnitte. Dagegen scheint die Angabe, die sich auf die späteren Monate bezieht, in mehrfacher Hinsicht einer Korrektur bedürftig; zunächst ist die Anzahl der Mahlzeiten bis zum 4. Monate an etwas zu klein angenommen, dann geht die Zunahme der einzelnen Mahlzeiten sprungweise vor sich und erhalten sich diese durch 5 Monate hindurch vollkommen auf gleicher Höhe, was gewiss unrichtig ist; wie es scheint, hatte BOUCHAUD über diese Zeitperiode keine eigenen Erfahrungen und daher die Lückenhaftigkeit seiner Tabelle.

Wir gehen über zu seinen Angaben über die tägliche Zunahme des Säuglings.

II. Tabelle nach Bouchaud.

Monat	Tägliche Zunahme		Monatliche Zunahme	Gesammt-gewicht
I.	25	. . . .	750	4000
II.	23	. . . . . .	700	4700
III.	22	. . . . .	650	5350
IV.	20	. . . . .	600	5850
V.	18	. . . . .	550	6500
VI.	17	. . . . .	500	7000
VII.	15	. . . . .	450	7450
VIII.	13	. . . . .	400	7840
IX.	12	. . . . .	350	8200
X.	10	. . . . .	300	8500
XI.	8	. . . . .	250	8750
XII.	6	. . . . .	200	8950

Es ist nicht ohne Interesse diese Angaben mit Erfahrungen aus der Privatpraxis zu vergleichen; zu dem Zwecke habe ich nach den Zahlen BOUCHAUD's eine Kurve konstruirt, die uns die allmälig fortschreitende körperliche Zunahme im 1. Lebensjahre versinnlichen soll; diese Kurve nach BOUCHAUD (fälschlich nach GERHARDT benannt) stimmt zwar genauer als die ideale Wachsthumslinie von QUETELET mit der Wirklichkeit überein, bedarf aber in einigen Punkten einer Berichtigung. Vor allen Dingen zeigt es sich, dass die Kurve in der Regel hinter den günstigen Resultaten der Privatpraxis zurückbleibt.

So wünschenswerth genaue Vergleiche mit den wirklichen Wachsthums-Resultaten immer gewesen wären, so wenig konnte man bis in die neueste Zeit denselben Rechnung tragen, aus dem einfachen Grunde, weil vollständige Wachsthums-Kurven, die die Zeit des ganzen ersten Lebensjahres umfassten, gar nicht vorgelegen sind. Allerdings hatte D. CNOPF in Nürnberg im Jahre 1871 etliche Kurven publizirt, darunter waren aber nur 5 vollständige und von diesen wieder nur 2 (Tafel III und VIII) derart, dass man sie als den wirklichen Ausdruck fortschreitender Entwicklung betrachten konnte, während die anderen so bedeutende Störungen durch Ernährungskrankheiten aufzuweisen hatten oder so vereinzelte Wägungen zeigten, dass man die Gesetzmässigkeit der Entwicklung schwer herausfindet. Uebrigens haben die Kurven CNOPF's trotz dieser Mängel einen unleugbaren Werth für die Demonstration jener Einflüsse, die in Folge ungenügender Ernährung oder akuter Erkrankung die Kinder in ihrer Ausbildung behindern.

Diese Lücke auf einem praktisch so wichtigen Gebiete, wie es die Ernährung der Säuglinge ist, auszufüllen, war seit Jahren mein Bestreben, und ich habe mir im Laufe der Zeit eine Reihe von Wachsthum-Tabellen verschafft, die mir heute mit einiger Sicherheit einen Einblick in die fortschreitende Zunahme des Säuglings gestattet.

Vor allem schien es mir unbedingt nothwendig, nur jene Kurven zu verwenden, bei denen genaue und verlässliche Aufzeichnungen von der ersten Lebenswoche an bis zum Schlusse des ersten Lebensjahres vorlagen; die Wägungen mussten ferner in regelmässigen Zwischenräumen vorgenommen sein, etwa alle Wochen, in der späteren Zeit mindestens alle 14 Tage einmal.

Auf diese Weise, d. i. durch Ausscheiden aller Kurvenfragmente und jener durch unregelmässige Wägungen entstandenen Kurven blieben mir noch 13 vollständige und musterhafte Tabellen des ersten Lebensjahres, die mir mit Beiziehung der erwähnten beiden CNOPF'schen Kurven als Grundlage für die folgende Darstellung dienten.

Vergleicht man die Resultate, wie ich sie aus jenen 15 Kurven genommen habe, mit den Angaben BOUCHAUD's über die tägliche und monatliche Zunahme, so ergeben sich ganz wesentliche Differenzen. Was zunächst die Hauptpunkte der Tabelle BOUCHAUD's betrifft, wornach das Körpergewicht am Ende des 5. Lebensmonates dem doppelten Initialgewicht, und das am Ende des 1. Lebensjahres etwa dem 3fachen Initialgewicht entspricht, so stimmen meine Erfahrungen damit nicht zusammen; durchschnittlich stellt sich für die Fälle aus der Privatpraxis das Gewicht vor Ablauf des 5. Monates oder der 22. Woche um ein Beträchtliches (550) höher als das verdoppelte Initialgewicht, dagegen das Gewicht am Ende des 1. Jahres um 900 Gramm niedriger als das 3fache Initialgewicht; also stärkeres Ansteigen in der ersten Zeit und in demselben Verhältnisse geringere Zunahme in der 2. Hälfte charakterisirt die auf thatsächlichen Wägungen beruhende Wachsthums-Kurve.

Wir wollen genauer sein; nach BOUCHAUD beträgt die durchschnittliche tägliche Zunahme im I. Trimester = 23, im II. = 18, im III. = 13 und im IV. = 8 Gramm; die Differenzen von einem Trimester zum anderen per Tag berechnet, betragen also 5 Gramm, eine Zahl, die sich vom Anfange bis zum Schlusse des 1. Lebensjahres gleich erhält. Dieser Umstand sowohl wie die von Monat zu Monat fortschreitende aber gleich regelmässige Abnahme der täglichen Zunahme um einige Gramm muss jeden befremden, der weis, dass eine ähnliche Entwicklung der körperlichen Ausbildung sonst nirgends beim Säuglinge getroffen wird; ich habe an einer anderen Stelle die Entwicklung des kindlichen Gehirnes besprochen, ich habe gezeigt, dass dieselbe in den ersten 9 Monaten eine zwar regelmässige aber so rasche ist, wie später in einem 7mal so grossen Zeitraume; noch energischer entwickeln sich die Sinne, die Eingeweide, namentlich die Kapazität des Magens und Darmes, die Speicheldrüsen etc. Für alle diese Organe gibt es eine Zeit der rascheren Evolution, eine Zunahme nach grösseren Progressionen als zu anderen Zeiten, womit aber keineswegs gesagt werden soll, dass wirkliche Sprünge der Entwicklung beobachtet werden. Wenden wir diese Erfahrungen auf die körperliche Zunahme an, so müssen wir annehmen, dass sie in den ersten Lebensmonaten, indem sie gleich Schritt mit der Entwicklung der übrigen Organe hält, gleichfalls eine bessere, eine kräftigere sein muss als in den späteren Lebensmonaten; diese Thatsache findet allerdings in der Tabelle Bouchaud's einen Ausdruck, indem das Gewicht im 5. Lebensmonate um ebensoviel zugenommen hat, als darnach in weiteren 7 Monaten; diese Zunahme in den fünf ersten Monaten ist aber zu geringe berechnet und entspricht nicht der Wirklichkeit. Ich habe Grund anzunehmen, dass Bouchaud bei Ausarbeitung seiner Tabelle sich zu sehr von den Regeln der Mathematik leiten liess, mehr als der Sache gefrommt hat; dafür spricht die Anordnung der täglichen Zunahme von Monat zu Monat um 1 bis 2 Gramm rückschreitend, dafür spricht die nach Progression der Zahl 5 berechnete Durchschnittsziffer in den einzelnen Trimestern, und endlich die Eintheilung, wornach ein Kind am Ende des 5. Monates sein Anfangsgewicht genau verdoppelt, nicht um einen Gramm mehr.

Suche ich die gleichen Grössen aus meinen Aufzeichnungen zu gewinnen, so stellen sie sich folgendermassen und zwar für das durchschnittliche Anfangsgewicht von 3500 Gramm: I. Trimester $= 31$, II. $= 17$, III. $= 10$, IV. $= 7$.

Die Differenzen sind hier keine gleichbleibenden, sie sind stetig rückschreitend und zwar in folgender Progression: $14 : 7 : 3\frac{1}{2}$; ich spreche für diese Ziffer keinen anderen Werth als einen rein empirischen an. Eine allgemein giltige und genau zutreffende mathematische Formel glaube ich, kann heute und solange nicht aufgestellt werden, bis nicht genaue Wägungen aus den einzelnen Fötalmonaten vorliegen; es ist kein Zweifel, dass hier bereits die Progression beginnt und dass sich die Zahlen an dem gebornen Kinde an jene anschliessen müssen und nicht etwa neu beginnen.

Die von mir angeführten Differenzen geben gleichzeitig einen Ausdruck für die wirkliche Zunahme des Säuglings, welche in den ersten Lebensmonaten eine rapide ist, dann minder steil fortschreitend endlich in einen weiten und flachen Bogen gegen das Ende abfällt: am Ende des 1. Jahres ist das Kind durchschnittlich um $\frac{4}{5}$ Kilo unter dem dreifachen Werth des Anfangsgewichtes zurück.

Das Verhältniss der Wachsthum-Kurve nach Quetelet und nach Bouchaud zu der aus realen Wägungen gewonnenen, habe ich auf Tafel I dargestellt. Aus der Zeichnung ergibt sich klar der Unterschied, der vor allem in dem verschiedenartigen Ansteigen der drei Kurven gelegen ist.

Es erübrigt noch eine detaillirte Zusammenstellung der auf die einzelnen Tage und Monate entfallenden Gewichtszunahmen zu geben, wobei ich der Uebersichtlichkeit halber auch für meine Kurve die Form und Eintheilung der Tabelle Bouchaud's beibehalten musste.

Initial- gewicht 3500	tägl. Zunahme	monatl. Zunahme		Gesammt- gewicht
I. Monat	35	1050	=	4550
II. „	32	960	=	5500
III. „	28	840	=	6350
IV. „	22	660	=	7000
V. „	18	540	=	7550
VI. „	14	420	=	7970
VII. „	12	360	=	8330
VIII. „	10	300	=	8630
IX. „	10	300	=	8930
X. „	9	270	=	9200
XI. „	8	240	=	9450
XII. „	6	180	=	9600

Eine nach diesen Angaben konstruirte Kurve wird also gegen die 22. Lebenswoche zu (je nach individuellen Verhältnissen einmal etwas früher, dann wieder um einige Wochen später) die grösste Höhenaufsteigung (Ordinate von der Linie QUETELET's an gerechnet) zeigen müssen, was in der That mit den verschiedenen beigegebenen Kurven übereinstimmend ist; der 5. Monat kann als ein Wendepunkt betrachtet werden, von hier ab wird die Kurve der körperlichen Zunahme eine lang gezogene Linie, die je näher gegen Ende gehend eine grössere Uebereinstimmung mit der Kurve nach BOUCHAUD verräth, mit dem einzigen Unterschied, dass sie, auf das Initialgewicht von 3250 reduzirt, um 2 Wochen später die Linie QUETELET durchschneidet.

Die tägliche Zunahme per 35 Gramm im ersten Lebensmonate dürfte manchem, namentlich im Vergleiche mit der Angabe BOUCHAUD's zu hoch erscheinen, dagegen muss ich aber einwenden, dass gerade in dieser Lebensperiode ein bedeutender Zuwachs vorzukommen pflegt, und selbst tägliche Anbildungen von 50 und 60 Gramm bei keineswegs starken Kindern sind von mir beobachtet worden; ich finde mich hierbei in angenehmer Uebereinstimmung mit den Erfahrungen RITTER's, der in letzter Zeit gleichfalls ähnliche Beobachtungen gemacht hat, nur muss ich noch weiter gehen und behaupten, dass nicht blos bei Brustkindern, sondern auch bei künstlich aufgezogenen schöne Wägungsresultate erzielt werden, wenn die Wahl der Nahrung eine entsprechende und zweckmässige ist. [5]) (Tafel V ERNST L.) Es ist sicher zutreffend, dass die Ernährung an der Mutterbrust verhältnissmässig die günstigsten Zunahmen zeigt, doch kommen auch gegentheilige Beobachtungen vor; in der Armenpraxis, wo eigentlich die meisten Brustkinder getroffen werden, wird man gar nicht selten Entwicklungszustände bei den Säuglingen treffen, die alles eher als musterhaft

[5]) Die vor 10 Jahren von Ritter aufgestellte Minimalzunahme von 1 Loth (17 Gramm) täglich im ersten Monate ist offenbar zu geringe, selbst für Findelkinder, und hat Ritter auf Grundlage zahlreicher Beobachtungen seitdem seine Annahme bedeutend erhöht. (Vergl. Referat pag. 93 II. Bd. 1876, Jahrb. der Pädiatrik.)

Dr. L. Fleischmann.

zu nennen sind. So habe ich an anderer Stelle [6]) das häufige Vorkommen von rhachitischer Knochen-Erkrankung betont, wenngleich die Kinder ausschliesslich an der Brust genährt wurden. Dies kommt aber sicher vor, wenn die Kinder zu lange, etwa über das 1. Lebensjahr hinaus mit Muttermilch ernährt werden; die Ursache dieser Defecte liegt entweder in einer uugenügenden Menge an Milch, wie solche von den Müttern selbst zugestanden wird, oder in letzterem Falle in einer Abnahme der wichtigsten Milchbestandtheile wie Kaseïn und Salze. Diese Abnahme kann unter Umständen schon frühzeitig auftreten, also nicht erst nach dem 1. Lebensjahre, worüber man einerseits durch die Wägungen, andererseits durch die genaue Untersuchung des Kindes belehrt wird.

Bei Ammen wieder, die eine reichliche Fleischnahrung erhalten, dabei aber zu wenig Bewegung im Freien und zu Hause vornehmen, scheint das Gegentheil vorzukommen; ihre Kinder zeigen zwar eine entsprechende Gewichtszunahme zufolge richtiger Knochen- und Muskelanbildung, aber die Fettablagerung ist im Rückstande und die Kinder sind blass. Manche Aerzte lassen sich durch diesen Umstand so sehr beunruhigen, dass sie die Amme in diesem speciellen Falle für unbrauchbar erklären und zu einem Wechsel anrathen. Viel einfacher wäre es allerdings, das Regimen der Ammen zu ändern und der Erfolg ist der gleiche wie bei einem Wechsel.

Von welchem Einfluss die Art der Ernährung auf die Entwicklung der Wachsthums-Kurve ist, hat uns in jüngster Zeit Prof. DEMME in Bern gezeigt; indem er die in das Spital gebrachten und plötzlich entwöhnten Kinder nach den in meiner Klinik der Pädiatrik [7]) aufgestellten Normen ernährte, kam er zu folgenden lehrreichen Resultaten. Das plötzliche Entwöhnen von der Mutterbrust bewirkte stets eine Gewichtsabnahme durch mehrere Tage (3—5) auch bei sonst normaler Verdauungsfunktion; dieser Verlust betrug täglich 25—75 Gramm, sank endlich auf 10 Gramm, und machte dann wieder einer entsprechenden Zunahme Platz; am raschesten vollzog sich der Ausgleich bei Ernährung mit Kuhmilch, mit welcher dann eine tägliche Zunahme von 15—30 Gramm bei 3—6 Monate alten Kindern erzielt wurde. Wurde statt reiner Kuhmilch kondensirte Milch der ANGLO-SWISS-COMPANY verwendet, so war der Verlust nicht nur länger dauernd, es war auch die Zunahme eine weit geringere und viel später eintretend.

Ich kann hier beifügen, dass ich überhaupt niemals so hochgradig abgemagerte, ja ausgemergelte Kindergestalten gesehen habe, als bei Ernährung mit kondensirter Milch. Die Schuld liegt nicht an dem Präparate allein, sie ist auch in der von den Aerzten verordneten höchst ungeeigneten Verdünnung zu suchen; doch davon später.

---

[6]) Ueber die Verlässlichkeit der mikroskopischen Frauenmilch-Untersuchung. Oesterr. Jahrb. der Pädiatrik. II. Bd. 1876.

[7]) I. Theil: Die Ernährung des Säuglingsalters auf wissenschaftlicher Grundlage; Wien, Braumüller 1874.

Schleimige Brühen und auch Fleischbrühen erzielten nie mehr als 5—10 Gramm tägliche Zunahme.

Nährversuche mit LIEBIG's Suppe und LOEFLUND's Extract zeigen Uebereinstimmung mit den Kuhmilch-Resultaten. NESTLE's Kindermehl bei 3—12 Wochen alten Kindern gegeben erzielte eine ganz geringe tägliche Zunahme von 10—18 Gramm, dagegen nach dem I. Trimester 1—2mal täglich mit unverdünnter Kuhmilch gereicht, Zunahme von täglich 45 im IV. Monate, 20 im V. und 15 im VI. Lebensmonate; die Nutzanwendung liegt auf der Hand.

Die Zugabe von Kuhmilch zu NESTLE's Mehl wird nicht selten von den Kindern verweigert, aus welchem Grunde weiss ich nicht, dagegen nehmen sie dasselbe Mittel gerne bei Verdünnung mit Wasser.

Die schönsten Resultate verdanke ich bei künstlicher Ernährung der Kuhmilch in Verbindung mit Kalbsthee in steigendem Verhältnisse (1:2, 1:1, 2:1) bei schwächlichen Kindern 2stündlich, bei anderen nur einigemale des Tages gereicht. Die Zufuhr der Phosphate aus dem Kalbfleisch hat auf die Anbildung der Knochen und Zähne den allergünstigsten Einfluss. (Vergleiche die Kurven RUST Tafel II, HEINRICH W. Tafel V, ERNST L. Tafel V.). Während die plötzliche Entwöhnung auf die Gewichtszunahme einen höchst ungünstigen Einfluss äussert, kann ich das Gegentheil behaupten für jene Fälle der Entwöhnung, wobei die Kinder in letzter Zeit nur einigemale des Tages die Brust erhielten.

Die Vermehrung der Mahlzeiten nach dem Ausfalle der Mutterbrust äussert sich in der Regel bei älteren Kindern günstig auf die körperliche Zunahme; ein Beleg hiefür ist die Kurve ERNST v. H. Tafel III in der 31. Lebenswoche, HEINRICH W. Tafel V in der 41. Woche, CARL HOFER, Tafel II 38. Woche, ERNST L. Tafel V 30. Woche, RUST Tafel II 44. Woche.

Zu den ungünstigen Einflüssen der körperlichen Zunahme müssen wir alle Krankheiten rechnen, die mit Fieber einhergehen; unter diesen wieder nehmen die mit Exsudationen und starken Ausscheidungen die Stelle obenan ein; ganz geringe Dyspepsien aus was immer für einer Veranlassung lassen beträchtliche Gewichtsverluste hinter sich (WULF Baron H. Tafel IV 33. Woche, ERNST L. Tafel V 16. Woche).

Noch schlimmer wirken Darmkatarrhe und Cholera infantum; die bedeutendsten plötzlichen Gewichtsabnahmen finden sich beim Eintreten des Collapses in Folge von akuter Gastro-Enteritis, Meningitis mit heftigem Erbrechen etc.: so führt DEMME einen Fall an, wo bei ersterem Leiden der Verlust in 3 Tagen 2250 Grm. betrug, ferner bei einem viermonatlichen Knaben in 5 Tagen 3950 Grm. Im Falle MARIE von H. Tafel III betrug die Abnahme während 4 Wochen in Folge einer Lungenentzündung nach Masern 780 Grm.

Auch die Impfung mit ihren Folgen sowie leichte Erkrankungen der Respirationsorgane, wie Koryza, Grippe etc. zeigen deutlich ihre Gegenwart an der gleichzeitig stattfindenden Gewichtsabnahme des Kindes.

Anhaltend hohe Temperaturen von 39—40° C. und darüber, wie bei Typhus, Diphtherie etc. setzen trotz abkühlender Bäder und zweckmässiger Nahrungszufuhr fast immer einen täglichen Gewichtsverlust von 25 bis selbst 200 Grm.

Nutzen der systematischen Körperwägungen.

Aus den oben erörterten Sätzen ergibt sich hinlänglich klar der Werth der systematischen Wägungen; vor allem und in erster Linie ist es das wissenschaftliche Interesse, das sich an dieselben knüpft und in zweiter Linie erst die für die Praxis resultirenden Vortheile.

Ein Arzt, der sich heute noch der Wägungen seiner ihm anvertrauten Schützlinge entschlägt, ist viel schlimmer daran als jene, die sich bei Herzkrankheiten des Stethoskopes oder bei Behandlung des Fiebers des Thermometers entrathen zu können glauben, denn in letzteren Fällen können im Nothfalle die Sinne die Kontrole übernehmen, was bei der körperlichen Zunahme nicht in gleicher Weise stattfinden kann. Wenn einmal der Anblick die Abmagerung des Kindes erkennen lässt, dann wird die Hilfe viel zu spät gebracht; wer aber wollte eine geringe Abnahme an Gewicht oder gar ein Stationärbleiben durch Wochen hindurch, aus der Besichtigung mit Sicherheit erkennen?

Nirgends ist eine Täuschung leichter als hier, was man nicht gerne sehen will, das sieht man auch nicht, und so geschah es, dass selbst Verluste im Betrage von $\frac{1}{2}$ Kilo von den Angehörigen des Kindes nicht bemerkt wurden, bis die vorgenommene Wägung damit überraschte.

Es handelt sich aber auch gar nicht um die Konstatirung solcher Verluste, die Wage muss uns Auskunft über die gleichmässig fortschreitende Entwicklung verschaffen und hierbei sind tägliche Einbussen von einigen Gramm bereits ausschlaggebend; auch das Gleichbleiben des Gewichtes längere Zeit als eine Woche hindurch fordert dringend auf zur Erforschung des Uebelstandes, der zumeist in einer ungenügenden oder mangelhaften Ernährung gelegen ist.

Der Arzt muss, durch das übrige Verhalten des Kindes bestimmt entweder die Qualität der Nahrung ändern oder blos grössere Rationen vorschreiben; dies wird namentlich im ersten Trimester öfter geschehen müssen, da die Anbildung um diese Zeit eine rapide ist. Aus dem Gesagten ergibt sich aber auch die Nothwendigkeit in der ersten Zeit des Lebens öftere Wägungen vornehmen zu lassen, also anfangs wöchentlich, wenn der Erfolg nicht hinter den Erwartungen bleiben soll; Wägungen in langen Zwischenräumen, wie alle Monate einmal, sind zu diesem Zwecke gänzlich unbrauchbar. Dies ist auch der Fall, wenn man sich über die Güte der Ammenmilch ein Urtheil verschaffen will; hier soll man in der 1. Woche mehrmals wägen, um rasch zum Ziele zu kommen.

Von grossem Nutzen sind die Wägungen ferner bei der Verabreichung von Beinahrung zur Muttermilch und beim Entwöhnen; wie es hier jene Aerzte zu thun pflegen, welche gar nicht wägen lassen, weiss ich nicht; es ist aber klar, dass der ärztliche Rath dann ein rein willkürlicher Akt ist, der keine andere als eine subjektive Begründung hat. Wägt man aber, so wird man die Ziffer entscheiden lassen; man wird in einem Falle bereits zu einer Beinahrung greifen müssen, wo die Mutter noch lange nicht das Bedürfniss hiezu vorhanden glaubt und umgekehrt.

Nicht minder wichtig ist es, die Wage zu handhaben, wenn an uns die Frage um die passendste Zeit der Entwöhnung herantritt; auch hier muss der Arzt greifbare und objective Zeichen haben, die ihn bei der Wahl bestimmen; alles andere ist Willkür und Selbsttäuschung. Das Auftreten der Menses bei der stillenden Frau, der Zahndurchbruch des Kindes [8]), oder das Alter desselben und dergleichen mehr beliebte Anhaltspunkte sind gänzlich werthlos für die richtige Wahl der Entwöhnung; hier muss einzig und allein die Wage entscheiden und diese wird niemals täuschen. Man entwöhne dann, wenn die tägliche Zunahme unter dem normalen Mittel bleibt; so lange dies nicht der Fall ist, lasse man forttrinken trotz aller Einstreuungen aus der Umgebung des Kindes. Uebrigens kann ich hier eine wichtige Bemerkung für jene, welche in der Gewichtszunahme allein das ganze Mass der Entwicklung erblicken möchten, nicht gänzlich unterdrücken; diese Ansicht ist falsch und kommt einem Irrwahne gleich; es ist absolut nothwendig, dass der Arzt das Kind von Zeit zu Zeit sehe und sich darüber Aufklärung verschaffe, ob dasselbe in allen seinen Theilen eine richtige Ausbildung zeige. Also nicht blos Fettansatz, sondern auch harmonische Ausbildung der Muskulatur und namentlich des Knochensystems muss bei einer tadellosen Ernährung wahrzunehmen sein und es ist ganz gut denkbar, dass trotz starker Gewichtszunahme die rhachitische Erkrankung der Knochen ungehindert vor sich gehe; bei einer gewissen Ernährung wieder, wo die Kinder zwar relativ genügend Salze und Kohlenhydrate, jedoch zu geringe Mengen von Blutbildnern bekommen, ist der Fettansatz erträglich gut, aber die Entwicklung der Muskelsubstanz mangelhaft und schwach; dies kann z. B. bei einer stärkeren Verdünnung der kondensirten Schweizermilch beobachtet werden, vorausgesetzt, dass diese die alleinige Nahrung bildet.

Alle diese Störungen können aber rechtzeitig nur von dem Arzte und nicht auch von dem Laien erkannt werden.

---

[8]) Jacobi schreibt in dem I. Bde. des Handbuchs der Kinderkrankheiten, redigirt von Gerhardt, pag. 343: „Die Zeit des Entwöhnens trifft am besten mit wesentlichen Veränderungen im Verdauungsapparat zusammen. Wenn die erste Gruppe der Schneidezähne 2 oder 4, vielleicht auch 6 durchgebrochen sind, ist die Zeit für eine Nahrungsveränderung entschieden (?) gekommen. Somit handelt es sich durchschnittlich um den 8. oder 10. Lebensmonat." Wer vermöchte auf Grund dieser Angaben jedesmal den richtigen Zeitpunkt herauszufinden!

Aus dem Gesagten ergibt sich aber auch der wichtige Satz: dass normale körperliche Zunahme und normale Entwicklung keineswegs identische Begriffe seien.

In allen diesen Fällen scheint zwar das Quantum der Nahrung zu genügen, jedoch nicht das Quale.

Ich muss hier noch auf einen Umstand aufmerksam machen; es geschieht nicht selten, dass bei Kindern, bei denen die Entwöhnung bereits vorbereitet wurde, und die nur noch des Nachts und einigemale des Tages über die Mutterbrust erhalten, keine rechte Zunahme eintreten will, wenngleich das Kind ganz gesund ist; hier wird man gut thun, rasch vollständig zu entwöhnen, die baldige Zunahme darnach wird diesen Eingriff hinlänglich rechtfertigen. Endlich möchte ich noch einiges über die Art der Zunahme selbst sagen.

Die von mir aufgestellten Zahlen treffen, wie ich mich oft genug überzeugen konnte, im Allgemeinen zu, d. h. die Zunahme wird im ersten Monate durchschnittlich eine grössere sein, wie in den folgenden u. s. f. Wägt man jedoch wöchentlich, so wird man nicht selten durch eine eigenthümliche Schwankung der Zunahme überrascht. Dieselbe besteht darin, dass einmal eine stärkere, dann wieder regelmässig eine schwächere Anbildung stattfindet; dieser Wechsel ist auffallend, er kehrt in wöchentlichen oder halbmonatlichen Zwischenräumen wieder, so dass bei ganz gesunden Kindern ein beständiges Auf- und Niederwogen stattfindet. Welche Potenzen da mitspielen, ist mir unerfindlich.

Eine Eigenthümlichkeit der Zunahme besteht auch darin, dass nach einer vorübergehenden fieberhaften Erkrankung der dadurch bedingte Verlust ausserordentlich rasch wieder eingeholt wird, wodurch es bisweilen zu ganz bedeutenden Anbildungen auch in späterer Zeit kommt; es ist keinem Zweifel unterworfen, dass diese Vorgänge der Ausdruck unabänderlicher Entwicklungsgesetze sind, ähnlich wie die jedesmalige rasche Ansteigung der Wachsthums-Kurve in den 3 ersten Monaten und der sichere Abfall vom 5. Monate an, so dass schliesslich alle Kinder wieder am Ende des 1. Lebensjahres einem gemeinsamen Ziele nahe kommen, wie verschieden auch ihre Anfangs-Kurve gewesen sein mag.

Was die Technik der Wägungen betrifft, so ist Folgendes zu bemerken: Die Wahl der Wage und ihrer Konstruktion ist Lieblingssache des Einzelnen, man erreicht mit jedem gut konstruirten Instrumente seine Zwecke. So bediente sich BOUCHAUD bei seinen Wägungen einer feinen leicht tragbaren Schnellwage, auf deren Hebelarm die Gramm-Eintheilung angebracht war; CNOPF in Nürnberg verwendete eine solide englische Federwage mit einem Zifferblatte, auf welchem ein Zeiger das Gewicht angibt; beide Aerzte führten die Wägungen selbst aus. Ich bediene mich einer verlässlichen kleinen Dezimalwage mit einem Ausschlage von mindestens 1 respektive 10 Grm., die Wägungen werden von den gehörig instruirten Eltern selbst vorgenommen, die, für die Sache einmal gewonnen, sich der kleinen Mühe gerne unterziehen.

Vor der Ausführung achte man auf eine genaue horizontale Stellung der Wage, zu welchem Zwecke an jeder guten Dezimalwage ein senkrechtes Loth angebracht ist.

Zur späteren Verwerthung der Wägungsresultate ist es zweckmässig an jedem 7. oder 14. Geburtstage wägen zu lassen, da man Umrechnungen vermeidet. Die beste Zeit ist unmittelbar vor dem Bade des Kindes, jedesmal zur bestimmten Tagesstunde; das Kind wird mit der vollständigen Bekleidung gewogen, darnach in das Bad gelegt und die Wäsche separat abgewogen und vom ursprünglichen Gewichte abgezogen. Dies Alles macht keine Schwierigkeiten, wenn die Eltern mit der Tarirung einmal vertraut sind.

In den ersten 3—5 Lebensmonaten lasse ich wöchentlich, später, wenn die Zahlen kleiner werden und nicht leicht mehr auf der Wage Ausschlag geben, alle 14 Tage wägen. Dies dürfte für die Anforderungen der Praxis jedesmal genügen.

Wägen Sie ihre Kinder, meine Herren, und der Nutzen wird nicht ausbleiben; die richtige Auswahl der Nahrungsmittel erfordert das ganze Wissen und Können des Arztes mehr noch als die zweckmässige Behandlung der Krankheiten; es ist eine ungleich leichtere Aufgabe einen hartnäckigen Darmkatarrh mit Erfolg zu behandeln, als für jeden Zeitabschnitt die passendste Ernährung zu finden, so dass die Entwicklung des Kindes in einer tadellosen Weise, d. h. ohne Dazwischenkunft von Verdauungs- und Ernährungsstörungen vor sich geht.

Ich zweifle nicht, dass in nächster Zukunft bei jedem Arzte, der sich mit der Ernährung ganz kleiner Kinder beschäftigen muss, die Wage jene wichtige Rolle spielen wird, die sie als physikales Hilfsinstrument mehr als jedes andere verdient, und dass jener Vorwurf Voit-Petenkofer's: „die Viehzüchter hätten bestimmtere Anhaltspunkte für die Ernährung der Thiere als die Aerzte für die der Menschen", wenigstens was die Kinderärzte betrifft, als unzutreffend angesehen werden kann.

Ich lasse in Folgendem eine Reihe von Wachsthums-Curven folgen, die aus systematischen Wägungen während der Zeit des ersten Lebens-jahres hervorgegangen sind; bei der Auswahl dieser Kurven haben mich, da es mir am Raume gebrach alle zu bringen, vor allem jene Momente geleitet, die geeignet waren, das eben Vorgetragene bildlich zu erläutern. Die Grösse der Tafeln ist je auf die Hälfte des Originals reduzirt.

Tafel I.

Auf dieser Tafel ist das gegenseitige Verhältniss dreier Wachsthums-Kurven zur Anschauung gebracht. Die Linie QL stellt die QUETELET'sche Wachsthumslinie dar, die aus der Verbindung des Initialgewichtes (3200) mit dem Endgewichte am Schlusse des ersten Lebensjahres (9450) her-vorgegangen ist. Bekanntlich stellte der berühmte Statistiker in seinem Werke „über den Menschen" diese genannten Zahlen für die Entwicklung eines reifen Knaben hin.

Diese Linie, die auf die Entwicklung des Kindes in den einzelnen Zeitperioden begreiflicherweise keine Rücksicht nimmt, kann also nur als der ideale Ausdruck der körperlichen Zunahme innerhalb des 1. Lebens-jahres betrachtet werden, gewissermassen das Alpha und Omega der An-bildung des Säuglings.

Genauer als die Linie QUETELET's orientirt uns die nach den Zahlen-Angaben BOUCHAUD's hier aufgezeichnete Kurve AB; wir ent-nehmen daraus, dass die Entwicklung in der ersten Zeit eine raschere ist, als sie QUETELET annahm, dass sie gegen Schluss des ersten Lebens-jahres dagegen schwächer wird und schliesslich unter die von QUETELET gezogene Grenze herabreicht, was in der Kreuzung beider Linien in der 45. Woche angedeutet ist.

Die gleichmässig in einem sanften Bogen fortschreitende Kurve BOUCHAUD's ist aber nicht der wirkliche Ausdruck der körperlichen Zu-nahme des Kindes; die Kurve AB stellt gleichwie die QUETELET's nur ein Schema vor, das sich zum Unterschiede von dieser jedoch der Wirk-lichkeit besser anpasst.

Aus wirklichen Wägungen abstrahirt ist die Kurve CD, die sich von beiden genannten durch den viel steileren Anstieg in den ersten 4—5 Monaten auszeichnet. Von der 40. Lebenswoche dagegen läuft sie mit der Kurve BOU-CHAUD's nahezu parallel, würde aber die Linie QUETELET's im reduzirten Massstabe um einige Wochen später durchschneiden als jene.

Die genaueren Eigenthümlichkeiten der aus realen Wägungen her-vorgegangenen Kurve CD sind bereits im Texte erörtert worden.

Tafel II.

1. Kurve *E F* des Karl Hofer, geboren am 24. Mai 1874. Das erste Kind gesunder kräftiger Eltern, wurde an der Mutterbrust bis zur 38. Lebenswoche genährt; das Kind hat bei normaler körperlicher Zunahme nur geringfügige Erkrankungen durchgemacht.

Die Zunahme vertheilt sich folgendermassen:

I. Monat täglich: 37 Gramm, II. = 30, III. = 20, IV. = 18, V. = 11, VI. = 13, VII. = 7, VIII. = 0, IX. = 3, X. = 6·6, XI. = 15, XII. = 8, das Stationärbleiben im VIII. Monate, während welcher Zeit das Kind nur einige Male mehr die Brust zur Beinahrung bekam, war die Ursache, dass ich eine vollständige Entwöhnung anempfahl, was auch durchgeführt wurde, und seitdem stieg die Zunahme rasch wieder auf ihre frühere Höhe.

Man musste so lange mit dem Entwöhnen zuwarten, da das Kind zur selben Zeit den ersten Zahndurchbruch zeigte, und eine etwaige Nahrungsveränderung möglicherweise das Zahnen bis zur Angewöhnung an die neue Nahrung verzögert hätte.

Die Impfung in der 16. Woche, dyspeptische Zustände in der 22., und ein Bronchialkatarrh in der 42. Woche finden ihren gemessenen Ausdruck an der rückbleibenden Zunahme.

2. Kurve *G H* des Franz Rust, ein etwas blasses, zartes Kind gesunder junger Eltern; der Vater, ein Eisenbahn-Ingenieur, ist ziemlich kräftig gebaut, die Mutter eine Blondine mit weissem Teint.

Die Kurve des kleinen Franz stellt eine schön und gleichmässig ansteigende Linie ohne tiefere Unterbrechung, wie man sie für gewöhnlich nur bei Brustkindern findet, vor.

Die tägliche Zunahme betrug im I. Monat = 23, im II. = 28·6, III. = 26, IV. = 24, V. = 19, VI. = 15, VII. = 16, VIII. = 9, IX. = 5, X. = 11, XI. = 5, XII. = 3.

Zur Zeit der 21. Lebenswoche die grösste Erhebung der Ordinate, in der 22. Woche die erste Beinahrung zur Brust, bestehend in Fleischbrühe, in der 44. Woche vollständige Entwöhnung.

Das Kind hatte am Ende des 5. Monates 1000 Gramm über das doppelte Initialgewicht, und war am Ende des ersten Lebensjahres um 400 Gramm über das dreifache Anfangsgewicht, was eine bemerkenswerthe Leistung genannt werden muss. Der bedeutendere Anwuchs im X. Monate hängt mit einem Rückstande im IX. zusammen.

Tafel III

enthält die Wachsthums-Kurven eines Geschwisterpaares, die höhere dem Knaben, die tiefere dem schwächeren Mädchen angehörig. Beide Kurven sind in mehrfacher Hinsicht interessant; zunächst ist das ziemlich gleichmässige Ansteigen beider bemerkenswerth, trotz des verschiedenen Anfangsgewichtes. Die höchste Ordinate bei Ernst v. H. fällt in die 22. Lebenswoche, bei der Schwester dagegen wurde die Ansteigung um diese Zeit durch ein unliebsames Ereigniss unterbrochen. Die Amme erkrankte an einer Rippenfellentzündung, und es mussts in Folge dessen eine plötzliche Entwöhnung vorgenommen werden. Als das Kind sich an die neue Nahrung (Kuhmilch mit Loeflund) gewöhnt hatte, trat alsbald die normale Anbildung, die ihren Ausdruck in der regelmässigen Ansteigung nach der 20. Lebenswoche fand, wieder ein. In der 29. Woche erkrankte das Mädchen an einem Bronchialkatarrh, kurz darnach an Masern und zum Schlusse an einer Lungenentzündung, Umstände, die einen schweren Riss in die Entwicklungs-Kurve machten. Als die Leiden überstanden waren, trat eine um so bedeutendere und für diese Lebenszeit ganz ungewöhnliche Entwicklung auf, eine Steilheit der Curve, die die Anfangssteilheit noch übertraf. Trotz mannigfacher Hindernisse wurde ein ziemlich normales Endgewicht erreicht.

Bei dem Knaben wurde die Entwöhnung, die bereits früher durch Beinahrung vorbereitet wurde, in der 30. Woche vollzogen, die ununterbrochene Ansteigung zeigt einerseits die richtige Wahl der Zeit, dann auch der Nahrung.

Eine schwere Störung trat in der 38. Woche auf, und zwar durch eine heftige Grippe, ferner in der 46. Woche durch einen Darmkatarrh veranlasst.

Beide Eltern der Kinder sind gross, jung und ziemlich kräftig.

In Folgendem gebe ich die einzelnen Wägungsresultate:

	Ernst		Marie	
	Gewicht	Differenz	Gewicht	Differenz
		—		—
1. Tag . . .	3832		3400	
1. Woche . .	3832		3622	
		228		350
2. „ . . .	4060		3972	
		262		158
3. „ . . .	4322		4130	
		298		210
4. „ . . .	4620		4340	
		192		315
5. „ . . .	4812		4655	
		299		192
6. „ . . .	5111		4847	
		315		299
7. „ . . .	5426		5146	
		402		255
8. „ . . .	5828		5391	
		333		222
9. „ . . .	6161		5513	
		315		280
10. „ . . .	6476		5793	
		297		98
11. „ . . .	6773		5881	
		263		87
12. „ . . .	7036		5968	
		245		245
13. „ . . .	7281		6213	
		157		315
14. „ . . .	7438		6528	

	Ernst		Marie	
	Gewicht	Differenz	Gewicht	Differenz
15.	7648	210	6581	53
16.	7806	158	6686	105
17.	7946	140	6721	35
18.	8208	262	6808	87
19.	8313	105	6808	—
20.	8523	210	6773	—35
21.	8821	298	6878	105
22.	8961	140	6966	88
23.	8821	—	7176	210
24.	8978	157	7246	70
25.	9101	123	7438	192
26.	9276	175	7473	45
27.	9293	17	7610	137
28.	9398	105		—
29.	9696	298	7771	161
30.	9538	—	7788	17
31.	9591	53	7911	123
32.	9713	122		—
33.	9783	70		—
34.	9818	35		—
35.	9976	158		—
36.	9958	—	7130	781
37.	10028	70		—
38.	10133	105	7806	676
39.	9818	—	8153	347
40.	9626	—	8208	155
41.	9976	350	8471	263
42.	9906	—	8506	35
43.	10046	140	8436	—70
44.	10168	122	8646	210
45.	10326	158	8611	35
46.	10221	—		—
47.	10046	—	8401	—210
48.	10028	—	8611	210
49.	9958	—	8558	—53
50.	10046	88	8700	142
51.	10273	227	8996	296
52.	9976	—	8960	36

Tafel IV.

Kurve *MN* des Baron Wulf II. geb. am 26. September 1875. Die Genesis dieser Kurve ist nicht ohne Interesse. Nach 10jähriger Ruhepause kam der kleine Wulf, das vierte Kind gesunder Eltern, zur Welt. Der Vater ein rüstiger, gesunder Militär von 70 Jahren; die Mutter einige Jahre über dreissig, gross, ziemlich stark, von blasser Hautfarbe, hatte eine grosse Freude an dem Kinde und nahm sich vor, dasselbe selbst zu stillen. In diesem Vorhaben wurde sie jedoch von der Geburtsfrau und darnach von dem zu Rathe beigezogenen Arzte gehindert, indem man der Mutter bedeutete, sie sei zu schwach und blutarm und tauge durchaus nicht für eine Amme. Darin mochte der Arzt wohl Recht gehabt haben, dass die Mutter nicht als Amme tauge, aber sie wollte dies auch nicht, sie wollte eben ihr eigenes Kind stillen, und darin besteht ein grosser Unterschied, wie er zumeist nicht gemacht wird. Dem Kinde wurde also die Mutterbrust entzogen und kondensirte Schweizermilch gereicht. Als ich nach einiger Zeit von einer Reise zurückgekehrt diese Anordnungen traf und ich mich überzeugte, dass die Mutter nicht nur genügende, sondern auch gut beschaffene Milch besass, liess ich versuchsweise das Kind an die Brust legen und genaue Wägungen vornehmen; die Zunahme war eine befriedigende, und was ich betonen möchte, die Mutter erfreute sich während des Stillens eines so gesunden Appetites, wie niemals vorher und nachher. Die ganz riesige Entwicklung des Kindes, die einzig dasteht, spricht wohl mehr als jedes Raisonnement für die Berechtigung meines Vorgehens, und ich möchte gerade anlässlich dieses Falles auf den Werth der Wägungen aufmerksam machen, die mich stets auch in der Folge bei der Auswahl der zu verabreichenden Nahrung wesentlich unterstützten. So wurde in der 7. Woche als Beinahrung kondensirte Milch versucht; die häufigen Koliken jedoch, die hartnäckige Verstopfung und endlich das Stationärbleiben des Gewichtes, liess mich von dem Mittel schnell wieder abstehen und zur Kuhmilch, die mit Hausenblase versetzt wurde, übergehen. Die darnach eintretende starke Gewichtszunahme zeigte von der besseren Wahl.

Das Kind hatte im Verlaufe des 1. Lebensjahres nur ganz geringe Erkrankungen durchgemacht. Wie sich etwa die Wachsthum-Kurve bei der Ernährung mit kondensirter Milch, welche bereits eingeleitet wurde, gestaltet haben möchte, ist nach den mir bekannten ungünstigen Erfolgen damit unschwer zu erschliessen.

Die Wägungsresultate sind folgende:

Woche	Gewicht	Differenz		Woche	Gewicht	Differenz
						410
1	4280	110		5	5050	
						200
2	4390	170		6	5250	
						—
3	4560	80		7	5250	
						220
4	3640			8	5470	

Woche	Gewicht	Differenz		Woche	Gewicht	Differenz
9	5900	430		23	8250	70
10	6050	150		24	8270	20
11	6130	80		25	8480	210
12	6350	220		26	8570	90
13	6530	180		27	8550	—20
14	6600	70		28	8620	70
15	6850	250		29	8750	130
16	7140	290		30	8951	200
17	7140	—		31	9000	49
18	7340	200		32	9050	50
19	7620	280		33	9080	30
20	7860	240		34	9450	370
21	7950	90		35	9600	150
22	8180	230		52	11870	2270

Tafel V.

1) Kurve JK des Ernst L., das erste Kind gesunder, mittelstarker Eltern; zuerst an der Mutterbrust genährt, musste es bald wegen ungenügender Milchmenge entwöhnt werden und bekam von der 4. Woche an 2stündlich Kuhmilch mit Hausenblase und einigemale des Tages Loeflund's Kindernahrung dazu. Das nach der vollständigen Entwöhnung vor sich gehende bessere Ansteigen der Kurve zeigte deutlich genug das Bedürfniss des Kindes nach einer ausgiebigeren Nahrung, als ihm die Mutter bieten konnte, und es steht dieser Fall gewissermassen in einem Gegensatz zu dem früher erörterten.

Die Beimengung der Hausenblase zur Kuhmilch bewirkte die leichte Verdaulichkeit der Kuhmilch, verhinderte das grossflockige Gerinnen und die verschiedenen dyspeptischen Zustände, die in der Regel vorkommen, wenn man so junge Kinder mit Kuhmilch ernähren muss.

Eine geringe andauernde Verdauungsstörung kam in der 16. Woche vor und die Ursache war saure Beschaffenheit der Kuhmilch; eine Aenderung in der Bezugsquelle der Milch beseitigte rasch die Zustände. Als nach einigen Wochen die Anbildung nicht recht vorwärts wollte, wurde statt Hausenblasenwasser Kalbsbrühe zur Milch zugesetzt, worauf die normale Zunahme eintrat. Eine Grippe in der 23. Woche schwächte das Kind sehr und dies war vielleicht die Ursache, warum es einer in der 28. Woche auftretenden Variola vera unterlag, obgleich das Stadium suppurationis bereits überwunden war.

Dieses kleine Kurven-Fragment zeigt übrigens recht deutlich, wie man selbst bei künstlicher Auffütterung den regelmässigen bedeutenden Zuwachs in den ersten Lebensmonaten bei gehöriger Ueberwachung der Nahrung erreichen könne. Der kleine Ernst L. hatte am Schlusse des

5. Lebensmonates 1100 Gramm über das doppelte Anfangsgewicht gewogen, gewiss ein seltenes Resultat!

2) Kurve *OP* des Heinrich W., geb. am 6. Dezember 1874, das zweite Kind einer schwächlichen jungen Mutter und eines kräftigen gesunden Vaters.

Das Kind, welches von mütterlicher Seite rhachitische Anlage besass, wurde an der Brust einer gesunden Amme bis zur 42. Woche genährt, darnach mit Milch und Kalbsbrühe, Nestlé's Nährmehl und etwas Fleisch.

Der Knabe selbst zeigte am Ende des 3. Monates geringe Spuren von Craniotabes, welche durch entsprechende diätetische Verordnungen mit Glück bekämpft wurden.

In der 6. Lebenswoche starb das Kind der Amme; die Folge war, dass das Pflegekind viel schrie, wenig Schlaf zeigte und schliesslich die ganze Woche hindurch gar nicht an Gewicht zunahm; in der 18. Woche trat eine Influenza störend auf, darnach Masern; jedesmal kam eine Gewichtsabnahme vor.

Von der 36.—41. Woche ging die Zunahme nur schleppend vor sich und dies war die Veranlassung, dass ich auf eine vollständige Entwöhnung drang; die Folgen waren die gehofften — es trat eine bessere Anbildung auf.

Woche	Gewicht	Differenz		Woche	Gewicht	Differenz
1	3260	—		23	7100	200
3	3650	390		24	7150	50
4	3975	325		25	7300	150
5	4450	475		26	7450	150
6	4450	—		27	7500	50
7	4600	150		28	7600	100
8	4950	350		29	7550	50
9	5175	225		30	7650	100
10	5400	225		31	7800	150
11	5550	150		32	7950	150
12	5750	200		33	8150	200
13	5850	100		34	8200	50
14	6050	200		35	8300	100
15	6300	250		36	8400	100
16	6450	150		37	8350	—50
17	6600	150		38	8250	—100
18	6450	—150		39	8350	100
19	6500	50		40	8350	—
20	6750	250		41	8350	—
21	6650	—100		42	8450	100
22	6900	250		43	8550	100

Woche	Gewicht	Differenz		Woche	Gewicht	Differenz
44	8800	250		49	9000	100
45	8850	50		50	9250	250
46	8950	100		51	9250	—
47	8750	—200		52	9450	200
48	8900	150				

Tafel VI.

Kurve *RT* des Hanns Schr, geb. am 12. Jänner 1876, das zweite Kind einer zarten gesunden Mutter und eines zu Bronchialkatarrhen disponirten Vaters; der kräftige, gut entwickelte Knabe mit einem Anfangsgewicht von 3400 Gramm musste nach kurzer Zeit von der Mutterbrust wegen Erkrankung derselben abgesetzt werden und konnte sich darnach nur schwer an die Milch seiner Amme gewöhnen, seine tägliche Zunahme betrug 20—25 Gramm; von der 4. Woche au änderte sich dies auffallend, es kamen tägliche Anbildungen von 30, ja sogar 57 Gramm darnach zur Beobachtung. Mit Ausnahme eines kurz dauernden Bronchialkatarrhs (24. Woche) hatte das Kind während des 1. Lebensjahres keine andere Erkrankung durchgemacht; die ersten Zähne erschienen im 6. Monate; nach der 38. Woche war mau genöthigt zur Brust eine Beinahrung (Fleischbrühe, Nestlé) zu reichen, da die Zunahme mangelhaft wurde; in der 51. Woche fand die vollständige Entwöhnung statt.

Bemerkenswerth ist auch eine Unterbrechung der Kurve in der 14. Woche, während welcher das ganz gesunde Kind täglich blos um 12 Gramm anwuchs; es war dies zur Zeit der Osterwoche, da die Amme sich nicht abhalten liess, ihrem religiösen Gefühle Rechnung tragend nur Fastenspeise zu geniessen. Diese Nahrungsänderung, an welche der Magen bisher nicht gewöhnt war, hatte offenbar eine geringere oder schlechter beschaffeue Milch zur Folge; übrigens hat man ähnliche Erfahrungen auch in Findelanstalteu gemacht, und verweise ich auf die genaueren Angaben in meiner bereits citirten Klinik der Pädiatrik, aus denen ersichtlich, dass in der That eine Abnahme wichtiger Milchbestandtheile nachgewiesen wurde.

Ich lasse in Folgendem die Einzel-Wägungen selbst folgen:

Woche	Gewicht	Differenz		Woche	Gewicht	Differenz
1	3400	—		9	5340	270
3	3890	490		10	5550	210
4	4050	160		11	5725	175
5	4250	200		12	5940	215
6	4650	400		13	6180	240
7	4850	200		14	6270	90
8	5070	220		15	6480	210

Woche	Gewicht	Differenz		Woche	Gewicht	Differenz
16	6620	140		30	8050	50
17	6690	70		32	8420	370
18	6850	160		34	8850	430
19	6880	30		36	8850	—
20	7130	250		38	8750	—100
21	7080	—50		40	8950	200
22	7280	200		42	9050	100
23	7430	150		44	9050	—
24	7340	—90		46	9250	200
25	7650	310		48	9500	250
26	7800	150		50	9500	—
27	7850	50		52	9550	50
28	8000	150				

Anhang.

Einige Bemerkungen über Muttermilch-Surrogate und künstliche Ernährung

a) Kuhmilch.

Eines der häufigsten Surrogate für die Mutterbrust ist unstreitig die gewöhnliche Kuhmilch und die kondensirte Schweizermilch; sie sind eben leicht und billig zu beschaffen, sie bilden einen Theil der menschlichen Nahrung überhaupt und fehlen demgemäss in keinem Haushalt; auf Reisen zu Wasser und zu Lande ist die kondensirte Milch ein unentbehrliches Surrogat, das bis heute nahezu konkurrenzlos dasteht. Es ist demnach begreiflich, dass man immer wieder auf Kuhmilch und deren Präparate auch bei der Ernährung der Kinder wird zurückkommen müssen, und aus diesem Grunde ist eine genaue Würdigung der Eigenschaften der Kuhmilch und ihrer Beziehung zur Frauenmilch von dem grössten Interesse. Von diesem Gesichtspunkte ausgehend, fällt uns zunächst der Unterschied in der Reaktion beider Milchsorten auf; es ist eine ausgemachte Sache, dass die Kuhmilch bei Stallfütterung bisweilen schon während des Melkens sauer reagirt, oder dass eine neutrale Reaktion bereits ein Symptom ganz guter Milch abgibt, indem man nur bei der besten Alpentrift oder bei ausgesuchten Racen mit gewählter Fütterung eine schwache alkalische Reaktion der Milch anzutreffen pflegt. Für unsere Verhältnisse aber, die wir auf Milch von Thieren, die entweder stets oder mindestens $^3/_4$ des Jahres Stallfütterung geniessen, angewiesen sind, wird die saure Reaktion ein gewöhnliches Vorkommniss bilden. Im Gegensatz hiezu trifft man die Frauenmilch stets alkalisch; dieser scheinbar geringfügige Unterschied in der Färbung eines Lakmusstreifens ist jedoch von Bedeutung bei der Ernährung der Säuglinge; die saure Gährung der Kuhmilch nimmt während des Stehenlassens an der Luft rasch zu, namentlich zur Sommerszeit, und die Milchsäure, die hierbei gebildet wird, ist dem kindlichen Magen gar nicht zuträglich; dies um so weniger, als derselbe stets an Uebersäuerung eher leidet als an dem Gegentheil. Daher das häufige saure Erbrechen nach dem Genusse zweifelhafter Kuhmilch, daher die sauren dyspeptischen Stühle.

Man hat sich bemüht eine schlechte Milch von vorneherein vom Markte auszuschliessen, und glaubte damit auszureichen, wenn man das spezifische Gewicht einer genauen Prüfung unterzieht. Das ist aber durchaus nicht zutreffend, wie ein einfaches Exempel beweist; befreit man nach KLENKE normale Kuhmilch von 1029 spezifischem Gewichte von dem angesammelten Rahm ($^3/_4$ Unzen) und bestimmt hierauf das Gewicht, so wird es grösser sein als früher, etwa 1031. Durch Zusatz von $2^3/_4$ Unzen Wasser, das heisst durch Verdünnen kann man das ursprüngliche normale Gewicht wieder herstellen. Man hat also $^3/_4$ Unzen Rahm gewonnen, die Milchmenge durch Wasser vermehrt, und doch das spezifische Gewicht nicht verändert. Solchen Kunstgriffen gegenüber ist die Galaktometerprobe resultatlos. Es ist aber auch schwer eine bestimmte Ziffer als jene anzunehmen, wo eine Milch sicherlich als gewässert erscheint, demnach vertilgt werden muss. Nach BOUCHARDT, dem französischen Hygieniker, soll dies bei 1030 spezifischem Gewichte stattfinden, was wieder ungerecht wäre, da frischgemolkene Milch von Alpenkühen nach FLEISCH-MANN in Lindan ein spezifisches Gewicht von 1030 zeigen kann.

Noch wichtiger sind die Unterschiede, die sich aus der chemischen Untersuchung bei den Milcharten ergeben.

Wir wollen zur leichteren Uebersicht die Durchschnittsanalysen nach einer Zusammenstellung N. GERBER'S in Thun hieher stellen :

1000 Theile

	Frauenmilch (.84 Analysen)	Kuhmilch (128 Analysen)
Albuminate . . .	19·5	37·0
Zucker	66·4	49·3
Butter	35·9	45·1
Salze	2·2	6·1

Wie man sich also überzeugen kann, besitzt die Kuhmilch eine grössere Menge von Albuminaten und Fett, dagegen weniger Zucker; es ist eine tägliche Erfahrung, dass ersterer Befund, d. i. die Vermehrung des Kaseïns bei der Ernährung eine ganz wesentliche Rolle spielt; wir wissen aber auch, dass es nicht blos die paar Perzente mehr sind, die hier in Betracht kommen, sondern vor allem die differente Beschaffenheit beider Kaseïnarten; dass diese für die Verdauung in Betracht kommt, ersieht man unter anderem auch an den Faeces der mit Kuhmilch genährten Kinder; sie sind blass und trocken, da die gleiche Menge von Galle die grössere Menge von unverdautem Fett und Kaseïn nicht genügend zu färben vermag; während sich normale Kinder-Faeces bis auf kleine Klümpchen in kochender Natronlauge auflösen, erscheinen erstere wegen ihres Kaseïn-Reichthums nahezu unlöslich.

Setzt man einige Tropfen Essigsäure oder künstlichen Magensaft zur Frauenmilch, so wird man in Anbetracht der staubförmigen Gerinnung des Käsestoffes kaum eine Veränderung wahrnehmen; in der Kuhmilch jedoch erfolgt augenblicklich ein Herausfallen derber zusammenhängender Coagula u. s. f.

Man hat sich Mühe gegeben der Ursache dieser grossflockigen Gerinnung nachzuforschen, und das Resultat dieser Untersuchungen war, dass man nicht in dem Eiweiss des Serum's, sondern in dem Kaseïn selbst die Ursache suchen müsse (KEHRER). Noch genauere Prüfungen durch BIEDERT haben eine Reihe von Unterschieden zwischen Frauen- und Kuh-Kaseïn erkennen lassen, die alle die leichtere Löslichkeit und Verdaulichkeit des ersteren dargethan haben. Es kann zwar durch entsprechende Verdünnung der Kuhmilch eine äussere Aehnlichkeit in den Gerinnseln eintreten, aber die chemische Beschaffenheit bleibt unter allen Umständen dieselbe; wir haben bis heute kein Mittel in der Hand, diesen höchst fatalen Unterschied zu beheben, was gewiss ein unerfreuliches Resultat genannt werden muss.

Ich will noch erwähnen, dass BIEDERT gefunden hat, dass etwa 1 Perzent Kuh-Kaseïn an Verdaulichkeit der Menge Kaseïn, die in der Frauenmilch enthalten ist, gleichkommt.

Durch diese auch von LANGGARD bestätigten Untersuchungen sind wir also zu einem gewissen Abschlusse gekommen, der darin besteht, dass zwischen dem Kaseïn der Frauenmilch und der Kuhmilch eine unüberbrückte Kluft chemischer und physikalischer Unterschiede besteht. Diesen Forschungen möchte ich die neueste Arbeit KÜHNE's über die Eiweisskörper gegenüberstellen, da sie mir wichtig genug scheint und wahrscheinlich zu einer besseren Lösung der hier berührten Frage führen dürfte. Nach KÜHNE zerfallen alle Eiweisskörper unter der Einwirkung von Pepsin, Säuren etc. in zwei Gruppen, von denen die eine im Organismus als der weiteren Verdauung unzugänglich ausgeschieden wird, während die andere in den Säften des Blutes gelöst wird und zum Verbrauche dient.

Die Spaltung des Eiweisses (Kaseïn) möge durch folgendes Schema veranschaulicht werden:

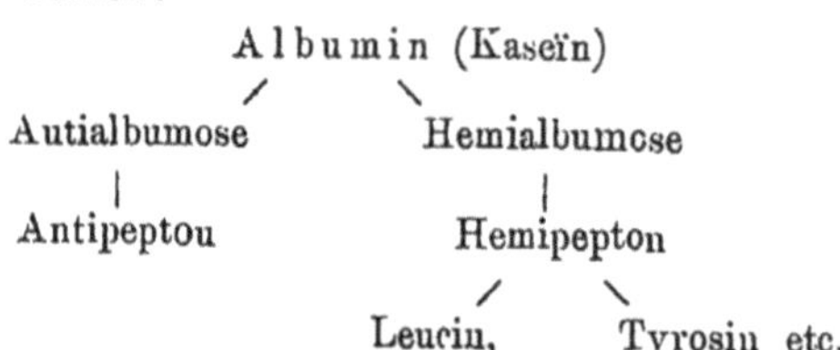

Die Ansicht, dass durch Pepsinverdauung das Kaseïn in Pepton, Leucin und Tyrosin zersetzt würde, beruht nach KÜHNE auf einem Irrthum; es wird eben nur ein Theil, die Hemigruppe, dieser Zersetzung unterworfen, während die Antigruppe der Pepsinverdauung gar nicht zugänglich ist und ausgeschieden wird. Nach diesem Schema würde also ein Eiweisskörper um so verdaulicher sein, je mehr Hemialbumose in ihm enthalten ist, da nur diese allein durch die Verdauung in Pepton verwandelt wird und, in das Blut aufgenommen, dem Stoffwechsel dienlich ist.

Nehmen wir nun an, in dem Frauen-Kaseïn sei mehr Hemialbumose als in dem Kuh-Kaseïn, so liegt die grössere Verdaulichkeit der ersteren auf der Hand und wir hätten eine bessere Einsicht in das Wesen beider Eiweisskörper gewonnen; wir wüssten auch, warum vom Kuh-Kaseïn mehr ausgeschieden wurde mit den Faeces, da eben die Antialbumose grösser ist als bei Frauenmilch-Kaseïn, ferner warum bereits bei normalen Kinder-Faeces stets eine gewisse Menge von unverdautem Kaseïn (nach Simon 18%) gefunden wird; diese Menge entspricht vielleicht der Antialbumose u. s. f.

Diesen eklatanten Unterschied kann man in der That ganz einfach demonstriren; füllt man eine Flasche halb mit Milch, halb mit Wasser, schüttelt einige Zeit und stellt sie ruhig für einige Tage hin, so bilden sich drei Schichten: eine oberste klare Aetherschichte, dann eine trübweissliche Kaseïnschichte und zu unterst eine durchscheinende Schichte eines gelösten Eiweisskörpers, deren Inhalt die chemische Reaktion der Peptone gibt, weinrothe Farbe bei Zusatz von Aetzkali und schwefelsaurem Kupferoxyd, die also der Menge der Hemialbumose entspricht.

Es ist demnach das sogenannte Kaseïn kein einfacher Eiweisskörper, wie bisher angenommen wurde, sondern ein Gemenge aus reinem Kaseïn, Albumose und Hemialbumose bestehend. [9])

Das reine Kaseïn verhält sich entgegen der Ansicht BIEDERT's in beiden Milcharten gegen alle Reagentien ganz gleich; der Unterschied besteht nur in der grösseren oder geringeren Menge der Hemialbumose und demnach findet man auch die unterste Schicht, wenn Frauenmilch mit Aether gemischt wurde, sehr breit, wenn Kuhmilch mit Aether versetzt wurde, sehr klein, fast unkenntlich. Es ist weiteren Untersuchungen vorbehalten zu erforschen, auf welche Weise in den Eiweisskörpern die Hemigruppe vermehrt, die Verdaulichkeit demnach verbessert werden könne.

Bevor ich mich mit der Vorbereitung der Kuhmilch zum Zwecke Ernährung befasse, will ich noch einiges über das Schicksal der Eiweisskörper, die mit der Nahrung genossen werden, vorbringen.

Nach der bis heute gangbaren Theorie über die Eiweissverdauung wird das in den Magen eingeführte lösliche Eiweiss allein nach seiner unveränderten Aufnahme in das Blut zum Aufbaue des Organismus verwendet, die übrigen unlöslichen Eiweisskörper, und dahin gehört auch Kaseïn, werden durch den Akt der Verdauung in Peptone verwandelt, als solche aufgenommen und zum Stoffwechsel, d. h. zum Zerfall verbraucht. Nach dieser Anschauung wusste man also mit der grossen Menge von unlöslichem Eiweiss, die bei jeder Mahlzeit genossen wird, nichts anzufangen; — dass sie nur einzig und allein zum Zerfall bestimmt sei und gar nichts zur Zellenbildung beitrage, ist höchst unwahrscheinlich und namentlich bei der raschen Anbildung des kindlichen Organismus auch ganz unerklärlich. Selbst von den geringen Mengen des mit der Nahrung

---

[9]) Diese kurzen Bemerkungen über die Eiweisskörper der Milch verdanke ich der mündlichen Mittheilung des Kollegen Dr. J. Schmidt aus Moskau, der die Angelegenheit weiter zu verfolgen gedenkt.

gereichten löslichen Eiweisses sollen nach VOIT noch 80 Perzent zu Grunde gehen und nur der Rest als Material zum Aufbau der Gewebe verwendet worden. — Wie kann man sich da eine so bedeutende tägliche Zunahme des Säuglings erklären, da mit der Milch fast nur unlösliches Eiweiss, d. i. Kaseïn, zugeführt wird?

Eine richtigere Einsicht in die Eiweissverdauung verdanken wir in jüngster Zeit den Bemühungen ADAMKIEWICZ's; er zeigte, dass die Peptone, d. h. das Resultat einer normalen Verdauung, sich vor allem durch zwei Merkmale von dem gewöhnlichen Eiweiss unterscheiden: 1. durch die Armut an Salzen (Aschenbestandtheile), 2. durch den Mangel an innerer molekularer Struktur. Darnach hat also die Verdauung zweierlei Aufgaben am genosseuen Eiweiss zu erfüllen: dasselbe von einem Theile seiner Salze zu befreien und dadurch für die Fermentation und die Löslichkeit im warmblütigen Organismus vorzubereiten und dann die molekulare Struktur zu zerstören, wie sie die gewöhnlichen Eiweisskörper zeigen.

Das erstere wird erreicht durch die Salzsäure des Magensaftes, welche die Salze des Eiweisses extrahirt, das zweite durch die Wirkung der Fermente. Durch letztere Einwirkung wird der Eiweisskörper so modifizirt, dass er in der Wärme schmilzt, in der Kälte erstarrt; den Fermenten (Pankreas) kommt sonach die Wirkung zu, die ausserhalb des Organismus eine hochgradige Wärme erzielen kann.

Durch diese Veränderung des Eiweisses, namentlich aber durch Lockerung seiner molekularen Zusammensetzung, entstehen die Peptone, welche naturgemäss eine grosse Zersetzlichkeit besitzen müssen; diese Eigenschaft bekundet sich in dem leichten Zerfall in Tyrosïn, Leucin etc. und dadurch gewinnen sie für den Stoffwechsel jene grosse Bedeutung, welche aber noch erhöht würde, wenn sie nicht blos zum Zerfalle, sondern auch zum Aufbaue der Zellen Verwendung fänden, wenn sie also nicht blos ein verbrauchtes Nebenprodukt der Verdauung darstellten, wie man bisher allgemein angenommen hatte, sondern wenn sie in gleicher Weise wie das unveränderte Eiweiss zur Organbildung beitragen könnten. Dies findet nun in der That statt, wie aus der exakten Untersuchung von ADAMKIEWICZ hervorgeht. Es wird uämlich das Pepton gleichfalls zur Zellbildung verwendet, gerade so wie lösliches und Serum-Eiweiss, es ist jedoch viel geeigneter in die Säfte einzutreten, und von der Zelle verarbeitet zu werden als jene. Daher steigert verfüttertes Pepton regelmässig den Stickstoffumsatz im Verlaufe der ersten 24 Stunden, das Eiweiss dagegen erst nach Verlauf des doppelten Zeitraumes.

Nach der Annahme ADAMKIEWICZ's ist es aber wahrscheinlich, dass die Peptone vom Blute wieder (wenigstens zum Theile) in gewöhnliches Eiweiss zurückverwandelt werden, und zwar durch die Einverleibung der im Magen entzogenen Salze und der Verdichtung der Molekule. Das Peptonisiren hätte also den verständlichen Zweck gehabt, die Eiweisskörper zur leichteren Aufnahme in das Blut vorzurichten und sie für den Diffusionsverkehr der Gewebsströme geeignet zu machen.

Wir kommen zur Beantwortung einer für die Praxis wichtigen Frage: Wie kann man die Kuhmilch für den Säugling verdaulicher machen?

Was die saure Beschaffenheit betrifft, so kann diese durch den Zusatz eines beliebigen Alkali abgeändert werden; man kann dazu nach Belieben Bicarb. Jodae ($2^0/_0$), Aqua Calcis, Kali carbonicum, Lapides canerorum oder auch reine geschlemmte Kreide verwenden, der Zweck wird mit allen erreicht; es ist jedoch nothwendig, dass man sich stets durch Prüfung mit dem Lakmuspapier von dem Säuregehalt der Milch überzeugt, da alkalische und neutrale Milch den Zusatz füglich entbehren kann. Man wird einwenden, dass diese tägliche Untersuchung mit dem Reagenzpapier ein. sehr umständliches Verfahren sei, es ist aber nicht anders zu machen und ich bestehe namentlich bei der Ernährung junger Säuglinge, die gegen saure Kuhmilch viel empfindlicher sind als ältere, anf diese genaue Befolgung.

Was den grösseren Fettgehalt der Kuhmilch betrifft, so wird derselbe zunächst durch die übliche Verdünnung vermindert. Es gibt Aerzte, welche den Fettgehalt der Kuhmilch noch zu geringe halten und anrathen, die Kinder mit Rahmgemenge zu ernähren; dies ist entschieden unnöthig, da selbst bei ganz normaler Verdauung und Anbildung der Kinder stets grosse Mengen von Fett mit den Stühlen abgehen. Nach SIMON finden sich in den Faces der Neugebornen 52 Perzent Fett, nach den euesten Untersuchnungen WEGSCHEIDER'S bestehen die Stühle fast nur aus Fett und nicht, wie einige Kinderärzte angaben, aus Kaseïn; er fand, dass bei reiner Muttermilch viel mehr als die Hälfte Fett ausgeschieden wird. Die Kinder bekommen also in der Regel mehr Fett als sie aufnehmen, und nicht, wie BIEDERT meint, zu wenig. Die Ursache dieser bedeutenden Fettausscheidung liegt aber darin, dass innerhalb der ersten drei Monate die Pankreasdrüse so viel wie gar nicht funktionirt, der Einfluss der Magenverdauung auf die Fette gleich Null ist.

Wir haben auch den geringeren Zuckergehalt der Kuhmilch zu berücksichtigen; man muss durch Zusatz von Süssigkeiten den kleinen Gourmands Rechnung tragen. Die Wahl ob Rohrzucker oder Milchzucker, hat die Aerzte in zwei Lager getheilt, namentlich finden sich erbitterte Gegner gegen letztere Zuckerart. Man wirft dem Milchzucker seine grosse Neigung in Milchsäure überzugehen vor, und hält ihn aus dem Grunde für ungeeignet.

Nach meinen Erfahrungen steht die Sache nicht so schlimm, da Kinder, die zeitweise mit Milchzucker- dann wieder mit Rohrzucker-Beigabe genährt wurden, durchaus keine anderen Erscheinungen zeigten, als dass sie den viel süsseren Colonialzucker vorzogen. Es scheint, dass der gelöste Zucker unter normalen Verhältnissen viel rascher aufgenommen wird, als seine Zerspaltung beginnt. Dann scheint mir auch der Rath BRÜCKE's, Milchzucker zu nehmen, aus dem Grunde beachtenswerth, weil dieser eine Menge von phosphorsauren Salzen, die mit ihm aus der Molke heraus krystallisiren, dem Körper zuführt. Seine geringere Süssigkeit kann durch eine grössere Menge ersetzt werden. Man darf aber nicht vergessen, dass der Zucker nicht seiner Annehmlichkeit wegen in der Milch vorkommt, sondern dass er ein wichtiges Respirationsmittel ist, und daher nicht, wie ein pädiatrischer Dilettant in neuester Zeit vorschrieb, durch ein anderes Mittel, etwa Kochsalz, ersetzt werden kann.

Wir kommen zu jenen Beigaben zur Kuhmilch, welche den Zweck haben, das Kaseïn für den kindlichen Magen verdaulicher zu machen. Sind wir auch nicht im Stande die chemische Beschaffenheit des Kuh-Kaseïns zu ändern, so besitzen wir doch Mittel, welche unzweifelhaft die Eigenschaft besitzen, die Kuhmilch den kindlichen Verdauungsprozessen angemessener zu gestalten. Wir wollen sie der Reihe nach aufzählen und ihren Werth besprechen.

1. Zusatz von Kali carbonicum, Natrium bicarb. etc.

2. Beimengungen von schleimigen, gummösen Substanzen.

3. Vermischung mit 1—2 $^o/_{oo}$ Chlorwasserstoffsäure.

4. Zusatz von anderen Mitteln wie Cacao, Eichelabkochung etc.

Ad 1. Ausser dem bereits erwähnten Nutzen der Säuretilgung hat die Beigabe eines Alkali zur Milch noch einen anderen Vortheil; es verhindert nämlich die momentane Gerinnung der Milch im Magen und dadurch die Bildung fester zusammenhängender Coagula, welche der Einwirkung des Magensaftes schwer zugänglich sind. Die Gerinnung wird dadurch allerdings nicht aufgehoben, sie erfolgt nur später.

Bei Kindern mit grosser Neigung zur Säurebildung und zur Diarrhöe sah ABELIN guten Erfolg von der Beimengung des Karlsbader Wassers zur Milch. Die englischen Aerzte wieder bedienen sich zu demselben Zwecke gerne des Kalkwassers.

Ad. 2. Viel wichtiger noch als der Alkalizusatz ist die Beimengung irgend einer gummösen, schleimigen Substanz; der wesentliche Nutzen dieser Beimischungen ist sicherlich das mechanische Moment; sie bewirken nämlich eine gleichmässige Vertheilung der eben entstehenden Coagula, so dass es diesen unmöglich gemacht wird, sich zu einer kompakten Masse zusammenzuballen; dadurch gewinnt aber die geronnene Kuhmilch das Aussehen der Frauenmilch und wird erfahrungsgemäss auch leichter vertragen.

Es ist durchaus gleichgiltig, welche schleimige Beimengung man dazu wählt, ob Gummi, Gerstenschleim, Gelatine oder Hausenblase; auch Abkochungen von Hafer, geröstetem Reis und Kukuruz u. dgl. können mit Vortheil dazu verwendet werden. Es hat fast jedes Volk und jeder

Arzt sein Lieblingsmittel, und mancher wird mit seiner Anpreisung geradezu naiv, da er sich nicht blos auf das Thatsächliche beschränkt, sondern für sein Mittel noch spezifische und unmögliche Leistungen in Anspruch nimmt. So wurde von französischen Aerzten eine Zeit lang die Gelatine, von anderen wieder das arab. Gummi, von noch anderen Gallerte, Arrow root als beste Beimengung empfohlen und damit Wunder der Ernährung verrichtet.

Bei dem Umstande, als arab. Gummi von einer gewissen Neigung, zur Sommerszeit sauer zu werden, nicht freigesprochen werden kann, habe ich mich mit Vorliebe der im Preise allerdings höher stehenden reinen Hausenblase zugewendet. Die Erfolge damit sind keinem anderen Mittel nachstehend. Das dyspeptische Erbrechen, welches auf die grossflockige Gerinnung der Kuhmilch zurückgeführt werden musste, sah ich unter dem Gebrauche der Hausenblase alsbald aufhören.

Einige der beigegebenen Wachsthumskurven zeigen den günstigen Einfluss dieser Art der Milchverbesserung. Für die Armenpraxis bediene ich mich der erwähnten Abkochungen; namentlich Abkochungen der gerösteten Gerste und Graupe, des Hafers und des Reises wende ich gerne an, da gleichzeitig mit der schleimigen Beimengung die löslichen phosphorsauren Salze der Cerealien dem Kinde zugeführt werden.

Das Verhältniss der Beimischung zur Milch wird später noch erörtert werden.

Das Rösten der verschiedenen Körner vor ihrer Abkochung hat den Zweck, einen Theil des Amylum in Dextrin überzuführen, welches im Wasser löslich ist, während Amylum zwar quellbar aber unlöslich, demnach schwer verdaulich ist.

Ad 3. Ich muss hier einer Methode gedenken, das Kaseïn der Kuhmilch dem der Frauenmilch ähnlich zu machen, die eigentlich, was die Löslichkeit derselben betrifft, am vollkommensten genannt werden muss. Setzt man nämlich zu einer gegebenen Menge Kuhmilch etwa die gleiche Menge einer schwachsauren Lösung von Salzsäure ($1-2\,^0/_{00}$) hinzu und schüttelt einige Zeit gut durcheinander, so wird man überrascht werden, durch die Kleinheit der Gerinnsel, die sich darnach bilden; ja die so behandelte Kuhmilch hat genau dasselbe Ansehen wie koagulirte Frauenmilch, die Flocken sind ausserordentlich klein, gleichmässig vertheilt wie Staub. Dieses ändert sich auch nicht, wenn man die Eprouvette, in der man die Präcipitation vorgenommen hat, Tage lang stehen lässt. Es gewinnt den Anschein, als sei das Kaseïn durch die Einwirkung der Säure chemisch verändert worden, ähnlich gemacht dem Kaseïn der Frauenmilch, welches nach den Untersuchungen BIEDERT'S gegen den sauren Magensaft sich analog verhält: „Ist so viel saurer Magensaft vorhanden, dass seine Menge wenigstens die Hälfte der eingeführten Milch beträgt, so bilden sich nach BIEDERT gar keine Coagula oder sie werden rasch wieder gelöst, was bei Kuhmilch nicht der Fall ist."

Der Umstand jedoch, dass zu dieser Veränderung des Kaseïns stets eine deutlich erkennbare Ansäuerung des beigemischten Wassers nothwendig ist, macht diese Methode für die Ernährung des Kindes untauglich, da hier jede Säurezufuhr zu vermeiden ist. Vielleicht ist dies aber der Weg, wie man dem Kuh-Kaseïn chemisch beikommen kann, um es verdaulicher zu machen.

Ad 4. Der seines Fettes beraubte, also entölte Cacao wurde von mehreren Aerzten als ein Mittel angepriesen, das Kaseïn der Kuhmilch ebenso feinflockig zu machen, wie in der Kuhmilch; 1 Theil Cacaopulver mit 20 Theilen Wasser kalt angerührt und $1/4$ Stunde aufgekocht, soll zu $1/2$—2 Esslöffel voll jedesmal der Milch zugesetzt werden. Befolgt man diese Verordnung und bringt darnach durch Zusatz einiger Tropfen Essigsäure das Kaseïn zur Gerinnung, so wird man keinen Unterschied in der Schwere der Coagula finden, als wenn reines Wasser zugesetzt worden wäre.

Ich will den adstringirenden Werth des Cacao namentlich bei Kindern, die zu Diarrhöe geneigt sind, nicht in Abrede stellen, aber zu dem oben angegebenen Zwecke passt er nicht.

Ebenso wenig haben Beimischungen von Phosphaten zur Milch den von ihnen erwähnten Erfolg gezeigt, das Kaseïn verdaulicher zu machen; nach unserer gleich anfangs erwähnten Verdauungstheorie ist dies auch ganz begreiflich; die Umwandlung des Kaseïns in Pepton geschieht im Magen durch Entziehung der Salze. Die Zufuhr von überschüssigen Phosphaten kann also im besten Falle nichts nützen, eher jedoch die Peptonisirung beeinträchtigen.

Wir wollen nun übergehen zu den Vorsichtsmassregeln, die bei ausschliesslicher Ernährung mit Kuhmilch anzuwenden sind, und da kommen wir sogleich zu einer Vorfrage, die früher erledigt werden muss: Soll man die Milch kochen oder nicht? Die Aerzte sind hierüber nicht immer der gleichen Meinung, wenngleich die grosse Mehrzahl der Autoren die Frage im bejahenden Sinne erledigt. Durch das Kochen wird die Neigung zur Säurebildung entschieden vermindert, und zwar durch Austreibung der Gase (vorwiegend Kohlensäure); die Milch enthält nach dem Kochen auch weniger Luft, und damit geht die Milchsäurebildung langsamer vor sich. Aber auch ein anderer Umstand ist dabei nützlich; die Milch nimmt in bekanntlich offenen Gefässen leicht die in der Luft suspendirten fremden Körper auf, und damit hängt auch die Beobachtung zusammen, dass sie den Geruch nahestehender Substanzen annimmt (Tait); viel wichtiger aber ist die Aufnahme von Pilzen aus der Luft und aus dem beigemengten Wasser. So verdankte in Schottland eine Scharlach Epidemie ihre Entstehung einer Milch, die aus einem durchseuchten Pachthofe stammte; im Jahre 1875 erkrankten nach Dr. BUCHANAN in South Kensington durch einen Milchrahm 12 Personen an Scharlach (Lancet Nr. 4, 1876). In

England sollen durch Milch in letzter Zeit 7 Typhus-Epidemien erzeugt worden sein, indem man aus einem infizirten Brunnen wässerte!

Von 367 Personen, welche von dem verdächtigen Farm Milch allein bezogen, so erzählt Dr. RUSSEL, erkrankten 55 an Typhus, und 14 an verdächtigem Unwohlsein. 116 bezogen ihre Milch nur theilweise, und von diesen hatten 3 Typhus und 14 verdächtiges Unwohlsein, dagegen erkrankte unter 579 Personen, welche Milch aus einer anderen Meierei bezogen, nur 1 an Typhus.

Die Milch kann aber bereits infizirt gemolken werden, wenn die Kühe verdorbenes und infizirtes Trinkwasser erhielten; auch solche Fälle liegen hinlänglich beglaubigt vor.

Wenn man nun erwägt, dass durch sorgfältiges Abkochen die in der Milch enthaltenen Keime der Krankheiten zerstört werden können, so wird man in Anbetracht dieses grossen Nutzens kaum zaudern, dies zu thun, und lieber Verzicht leisten auf die übrigen noch immer fraglichen Vortheile der ungekochten Kuhmilch; der eine Nutzen ist sicher, der andere problematisch.

Vor allem muss also die Sorge darauf gerichtet sein, eine gute und verlässliche Milch zu bekommen, die am besten vom Lande aus einer Muster-Meierei bezogen wird.

Die Menge wird für den ganzen Tag abgemessen, gekocht, und wo nöthig mit einem Alkalizusatz aufbewahrt; für je 150 Gramm genügt ein Esslöffel von Kalk- oder Natronlösung. Unmittelbar vor der Mahlzeit wird die Milch frisch in die Saugflasche gefüllt, und bei dieser Gelegenheit wird auch der nöthige Zusatz von Hausenblase, Gerstenwasser etc. und Zucker gemacht.

Die Menge der verabreichten Kuhmilch beträgt für ein mittelstarkes Kind :

1. Monat	4	Esslöffel	. . . .	10mal
2. „	6	„	. . . .	7 „
3. „	8	„	. . . .	7 „
4.—12. „	10	„	. . . .	7 „

Die Verdünnung mit Wasser etc. ist zu verschiedenen Zeiten eine andere; in der ersten Lebenswoche muss man die stärkste Verdünnung: etwa 1 Milch auf 2—3 Wasserzusatz anwenden; darnach kann man übergehen auf 2:1 im ersten Lebensmonate; nach dieser Zeit kann die Verdünnung mit schleimigen Beigaben auf je drei Theile Milch einen Theil betragen, und treten anfänglich Verdauungsbeschwerden ein, so muss man zu grösseren Verdünnungen zurückgehen.

Vom 3. Monate an kann die Kuhmilch untermischt gegeben werden, und vom 4.—5. Monate an, nicht früher, versuche man konsistentere Beinahrung, am sichersten gestossenen Zwieback mit Suppe aufgekocht, oder verlässliches Kindernährmehl (NESTLÉ, GERBER), niemals aber Semmelkoch.

Die verschiedenen Surrogate können je nach Bedarf verwendet werden, und treffe ich gewöhnlich meine Auswahl derart, dass ich mit LIEBIG's Suppe den Anfang mache (namentlich bei Brustkindern zur Zeit der Entwöhnung) und dann auf die mehligen Beimengungen übergehe.

Der Werth der Nährmehle beginnt erst dann, wann die Speicheldrüsen des Kindes hinlänglich befähigt sind zur Verdauung der Amylacea, das ist eben der angegebene Zeitpunkt. Uebrigens werden die gleichzeitig vorgenommenen Körperwägungen ein hinlänglich sicherer Führer bei der Auswahl und Bemessung der Nahrung sein.

b) Kondensirte Milch.

Die kondensirte Milch der Anglo-Swiss Company, sowie der deutschschweizerischen Exportgesellschaft wird auf diese Weise hergestellt, dass man gewöhnliche Milch im luftverdünnten Raume eindampft und während dieses Prozesses Rohrzucker zusetzt, bis eine syrupartige Konsistenz erreicht ist. Die Idee, durch Zusatz von Rohrzucker Milch zu konserviren, stammt von dem Franzosen LIGNAC her, der jedoch auf je 1 Liter Milch blos 75—80 Gramm Zuckerzusatz angab, während heute mehr als die dreifache Menge zugesetzt wird. Dadurch wird die Milch zwar haltbarer, jedoch zur Ernährung der Säuglinge weniger tauglich.

Wie so es gekommen ist, dass man die kondensirte Milch überhaupt für ein Surrogat der Muttermilch ansehen konnte, ist mir nicht recht klar, es ist jedoch Thatsache, dass das Präparat von Aerzten und Hebammen um die Wette als solches empfohlen wird und — was ganz unglaublich klingt — auch in dem Falle, wenn ganz frische Kuhmilch zu erlangen ist. So lange das Mittel den Reiz der Neuheit hatte, und so lange man keine ausreichenden Erfahrungen damit hatte, ging es noch hin, aber heute stehen die Dinge anders.

Es liegt mir ganz ferne den Nutzen des Mittels als Surrogat einer guten Alpenmilch für alle Fälle bestreiten zu wollen, um was es sich hier handelt, ist zu zeigen, dass es den guten Ruf, den es bei der Ernährung der Kinder besitzt, nur unter gewissen Einschränkungen verdient.

Als ich vor drei Jahren über das Mittel in meiner Klinik der Pädiatrik schrieb, konnte ich schon damals nicht verhehlen, dass einzelne Aerzte ungünstige Erfahrungen bei der Ernährung mit kondensirter Milch aufzuweisen hatten, und ich citirte namentlich Dr. DALY, der in der Lancet vom Jahre 1872 schrieb: „. . In gleicher Weise habe ich eine Anzahl Fälle beobachtet, und während $1\frac{1}{2}$ Jahre sorgfältig überwacht, wo kondensirte Milch wohl fett machte, die Lebenskraft der anscheinend gut gedeihenden Kinder aber in sehr gefährlichem Grade hinter dem gewöhnlichen Masse zurückblieb." — —

„Ich fand während des Sommers 1871 und 1872, dass die mit kondensirter Milch ernährten Kinder schnell einer Diarrhöe erlagen, welche bei ihnen gar nicht besorgnisserregend auftrat, und dass ihre sofort eintretende Hinfälligkeit zu der Stärke des Anfalles ausser allem Verhältnisse stand." — — —

„Ich habe ferner stets gefunden, dass mit dieser Milch auferzogene Kinder im Gehen sehr zurückbleiben, was zweifellos von der mangelhaften Ernährung ihrer Muskeln herrührt, sowie dass die vordere Fontanelle sich sehr langsam schloss, eine Folge der schlechten Knochenbildung." — . . .

Seit jener Zeit haben sich meine Erfahrungen über die kondensirte Milch gemehrt, und ich muss gestehen, dass DALY durchaus nicht zu viel sagte; ich werde noch darauf zurückkommen.

Kurz nach DALY's Aufsatz erschien eine Schrift KEHRER's über die erste Kindesnahrung, in welcher der viel erfahrene Kinderarzt gleichfalls seine Ansicht über die kondensirte Milch äussert; wenn auch gut konstituirte Kinder schliesslich bei dieser Nahrung gedeihen, so leiden namentlich zarte und skrophulöse Kinder an häufigen und verschiedenen Digestionsstörungen; im Allgemeinen kann KEHRER in das von Laien und Aerzten gespendete Lob nicht einstimmen.

Nach den Erfahrungen JACOBI's liefern einfache Verdünnungen mit Wasser unbehagliche Resultate und sind Magen- und Darmkatarrhe häufig; JACOBI sah wenige Kinder sich einer ungestörten Gesundheit erfreuen, welche ausschliesslich in der Weise gefüttert wurden.

Er hilft sich zur Verbesserung des Mittels mit Zusätzen von Hafer- und Gerstenschleim. Ich brauche nicht besonders zu erwähnen, dass diese Zusätze nicht gleichgiltig sind, da sie gleichzeitig den Nährwerth verbessern.

Diesen Stimmen gegenüber möchte ich jene VOGL's (7. Auflage 1876) stellen, die im hellen Contraste damit steht:

„Die kondensirte Milch hat sich in der Kinderstube vollkommen bewährt. Ich verdünne bei Neugebornen 1:12 Wasser, und steige bis zum Schlusse des ersten Lebensjahres bis auf 1:6. Mit diesem Präparate allein, ohne Zusatz von Amucylacea habe ich schon Kinder vortrefflich gedeihen gesehen." Mir ist diese Erfahrung VOGL's geradezu unbegreiflich, und ich kann mir dies nur so erklären, dass es sich hier in der That um seltene Ausnahmen gehandelt hat, oder dass die Kinder wie bei JACOBI Zusätze von Gerstenschleim etc. ohne Wissen VOGL's erhalten haben; wie die chemische Analyse der kondensirten Milch ergibt, ist es geradezu undenkbar, dass ein Kind in der angegebenen Verdünnung normale Zunahme zeigen könne. Uebrigens sprechen auch die direkten Versuche dagegen.

Die im Berner Kinderspitale nach ihrer Entwöhnung mit kondensirter Milch genährten 3—6monatlichen Kinder zeigten nicht nur einen längeren Entwöhnungs-Verlust als andere, sie nahmen auch weniger gut zu, und betrug die tägliche Anbildung höchstens 5—10 Gramm. Diese Zunahme ist wahrlich keine empfehlenswerthe und stimmt nicht mit der Beobachtung VOGL's.

Bevor wir jedoch weiter gehen, wollen wir uns damit beschäftigen, **wie stark die kondensirte Milch als Kindernahrungs-Mittel zu verdünnen ist.** Die Beantwortung dieser Frage ist wichtig, da mit dem Grade der Verdünnung der Nährwerth des Mittels zusammenhängt.

Zur Lösung dieser Frage müssen wir eine genaue Analyse der kondensirten Schweizermilch voranschicken.

Nach WERNER und KOFLER enthält dieselbe:

Wasser	18 —24·4	Perzent
Fette	12 —13·6	„
Milchzucker	14 —18	„
Rohrzucker	24 —30	„
Albuminate	24·2—28·1	„
Salze	2·1— 2·6	„

Im Ganzen sonach 38—48 Perzent Zucker enthaltend, das ist bei fünffacher Verdünnung mit Wasser noch doppelt so viel, als die Frauenmilch besitzt.

Dieser **vermehrte Zuckergehalt** ist aber in mehrfacher Hinsicht für die Verwendung des Präparates ein Hinderniss; zunächst wird dadurch das Verhältniss der Kohlenhydrate zu den plastischen Stoffen in einer nicht mehr auszugleichenden Weise verschoben, dann wird der Bildung von Soor leicht Vorschub geleistet, dann endlich kann sich unter gegebenen Verhältnissen der Zucker im Darmkanale in Milchsäure umwandeln und dadurch reizend wirken, so dass hierauf die Klagen der Aerzte zu beziehen sind, dass unter dem Gebrauch der kondensirten Milch leicht Durchfälle entstehen, oder solche unterhalten werden. Nach meinen Beobachtungen geschieht dies zur Sommerszeit leichter, als zu jeder andern Jahreszeit.

Für die Verdünnnng des Präparates können zweierlei Umstände massgebend sein; **entweder das richtige Verhältniss der Respirationsstoffe** im Vergleiche zur Frauenmilch **oder das der Blutbildner;** nehmen wir das Durchschnittsverhältniss der beiden Stoffe in der Frauenmilch wie 1 : 4 an, so beträgt dasselbe in der kondensirten Milch 1 : 2.

Nun beträgt der Zuckergehalt in der Frauenmilch etwa 4·3 Perzente (VERNOIS), in der kondensirten Milch 48 Perzente, es musste demnach die kondensirte Milch in Anbetracht des Zuckers mit der 12fachen Menge Wassers verdünnt werden; geschieht dies, so werden Kaseïn und Salze sehr stark vermindert, ausserdem noch das Fett, welches dann statt 3 1/2 Perzente wie in der Frauenmilch nur 1 Perzent beträgt. Richtet man aber die Verdünnung nach den viel wichtigeren Blutbildnern ein, die in der Frauenmilch etwa 3 Perzente, in der kondensirten Milch 28 Perzente betragen, so darf durchschnittlich nur mit dem 9—10fachen Quantum Wasser verdünnt werden, wobei noch der Vortheil der richtigen Menge von Salzen gegeben ist; dann bleiben aber die Kohlenhydrate im Uebergewicht.

Es ist bemerkenswerth, dass die Aerzte gerne zu grossen Verdünnungen greifen, offenbar um der ungünstigen Einwirkung des grossen Zuckergehaltes aus dem Wege zu gehen, und so trifft man Verdünnungen angeführt von 1 : 18, 1 : 22, ja 1 : 40. Wir wollen die hierbei erzielten, angeblich günstigen Resultate näher betrachten.

Im Herbste 1873 wurde in Bonn ein Versorgungshaus für unehelich geborne Kinder gegründet, in welchem mit Ausnahme der ersten Lebenswochen dieselben künstlich aufgezogen wurden, wozu kondensirte Schweizermilch in folgender Verdünnung verwendet wurde:

Für die ersten 3 Monate . . . 1 : 22 Wasser
bis zum 8. Monate . . . . 1 : 18   „
darnach . . . . 1 : 12   „

Welche waren die Resultate dieser Ernährungsmethode? Dr. PETERS schreibt hierüber: „Und in der That sind die damit erzielten Resultate ausserordentlich befriedigend zu nennen, wenn man die Frequenz der Digestionsstörungen bei den Säuglingen und den Ernährungs-Zustand derselben als Gradmesser für die Güte der Milch angesehen hat. So kamen in dem ziemlich heissen Sommer bei den 10—12 Kindern Verdauungsstörungen von Bedeutung gar nicht vor."

Wie stand es aber mit dem günstigen Ernährungszustande der so gefütterten Kinder? Darüber gibt uns PETERS selbst Aufklärung: „Es darf allerdings nicht unerwähnt bleiben, dass bei den so günstigen Ernährungs-Resultaten mit kondensirter Milch auch ein Uebelstand von Bedeutung sich zeigte. Wir glaubten zu bemerken, dass bei der ausschliesslichen Anwendung der kondensirten Milch das Knochensystem der Kinder eine Schädigung in seiner Ernährung erfahre, wie man sie bei leichtem Grade von Rhachitis sieht" etc.

Ich will noch dazu bemerken, dass die Sterblichkeit in dieser kleinen Kinder-Kolonie im ersten Jahre 60 Perzente betrug, was Verfasser auf rein äussere Momente bezieht! Wir sind anderer Meinung.

Die Kinder vertrugen zwar in der angegebenen Verdünnung die Milch recht gut, aber sie gediehen nicht dabei; es geschah, was geschehen musste, sie starben oder wurden alle der Reihe nach rhachitisch und dabei im gewissen Grade fett. Die Sterblichkeit sowie die Ernährung wurde eine bessere, als man anfing der stark verdünnten Milch ein Nahrungsmittel beizusetzen, das ausser den nöthigen

Knochensalzen noch eine gute Dosis Blutbildner mitbrachte, nämlich das Leguminosenpulver, das, wie Dr. PETERS sehr klug vermuthet, nichts anderes ist als Pulver von Leguminosenfrüchten (mitunter gemischt mit Cerealienmehl) und keineswegs Diamantenstaub, obwohl es im Preise hoch steht. Auf diese Weise wurde der kondensirten Milch durchaus keine gleichgiltige Beimengung gegeben und die günstigen Resultate darnach (Sterblichkeit 9 %) kommen gewiss unter anderen Dingen auch auf diese Beimischung.

Damit stimmten übrigens auch die früher citirten Beobachtungen KEHRER's und JACOBI's überein, sowie meine eigene Erfahrung.

Es werden in meine poliklinische Ordination ab und zu Kinder gebracht, die von den Müttern ausschliesslich mit kondensirter Milch ernährt wurden; die Verdünnungen waren meist hochgradig, so z. B. ein Kaffeelöffel voll auf eine Saugdutte von 4 Unzen Flüssigkeit; diese Verdünnungen wurden theils von den Frauen selbst eruirt, zumeist jedoch von den jederzeit mit einem Rath zu Diensten stehenden Hebammen verordnet. Wie sahen die Resultate dieser Ernährung aus? Schlecht genug; die Kinder, gewöhnlich innerhalb der ersten drei Monate stehend, erschienen bis zum Skelete abgemagert, die Haut faltig und runzlig, das Gesicht greisenhaft, die Muskulatur schlaff, an den Kopfknochen die ersten Spuren der Rhachitis und, was bemerkenswerth ist, die Stühle nicht diarrhoisch, sondern selten, des Tages einmal oder auch jeden zweiten Tag erfolgend, dabei blass, kohärent, arm an Milchdetritus, ebenso wie die Nahrung arm an allen wichtigen Bestandtheilen war. Eine zweckentsprechendere Ernährung mit Kuhmilch und Kalbsbrühe oder mit Kuhmilch und Gerstenschleim brachte die Kinder wieder zu einem menschenwürdigen Aussehen.

Was soll man aber von einer Verdünnung erwarten, die, wie mir bekannt ist, von Aerzten verordnet wird im Verhältnisse von 1 : 40. Eine solche Verdünnung ist doch nichts besseres als ein Zuckerwasser mit einigen obenauf schwimmenden Fetttropfen? Freilich wird behauptet, ganz junge Kinder vertragen solche Verdünnungen am besten; dann steht es aber mit dem Surrogate schlimm, wenn es nur vertragen wird in einer Verdünnung, wo es nicht mehr nährt. Und das eine ist heute eine ausgemachte Thatsache, dass kondensirte Milch in einer gewissen Verdünnung zwar nährt, aber nicht vertragen wird, und bei einer gewissen Verdünnung wieder vertragen wird, aber nicht nährt.

Beides aber lässt sich nicht vereinen, es sei denn, dass man Zusätze macht, die einen Theil der durch die Verdünnung ausfallenden Blutbildner und Salze wieder ersetzen; dies geschieht bei jungen Kindern durch Zusatz von Gerstenschleim, Kalbsbrühe etc., bei älteren durch Beimischung von Leguminose und Beigabe von Nährmehl.

Die Aerzte aber müssen es jenen Männern und Chemikern von Fach zu danken wissen, welche es sich angelegen sein lassen, Nutzen aus den bisherigen ungünstigen Erfahrungen zu ziehen und die Mängel bei der Herstellung von ähnlichen Fabrikaten in Zukunft zu vermeiden. So soll die kondensirte Milch der Fabrik zu Kempten, ferner das Präparat, das nach Angabe des Chemikers Dr. Gerber in Thun hergestellt wird, nicht nur wenig Zuckergehalt besitzen, sondern auch ein besseres Verhältniss der einzelnen Nährstoffe zeigen. Die von Demme mit letzterem Mittel vorgenommenen Ernährungsversuche fielen in der That besser aus, als die mit den bisher üblichen Präparaten.

Ich schliesse für diesmal meine Betrachtungen über den Werth der Frauenmilch-Surrogate, da eine Ausdehnung auf die übrigen noch gebrauchten und gekannten den Rahmen meiner Aufgabe weit überschreiten würde; ich glaubte mich mit den bisher aufgezählten umsomehr begnügen zu sollen, als sie die am häufigsten vorkommenden sind und allerorten Anwendung finden. Eine genaue Kenntniss dieser aber halte ich aus dem Grunde für nothwendig, weil sie zumeist die erste Nahrung des Kindes bilden und Fehlgriffe um diese Zeit in ihren Folgen wichtiger sind als in jeder späteren Periode. Jenen Collegen aber, denen ich zu wenig Lob oder zu viel Tadel vorbrachte, möchte ich die Worte eines englischen Philosophen in Erinnerung bringen: „dass aus der beständigen Unzufriedenheit mit dem Bestehenden der beständige Fortschritt entspringt."

Druck von O. Gistel & Cie., Wien, Stadt, Augustinerstrasse 12.

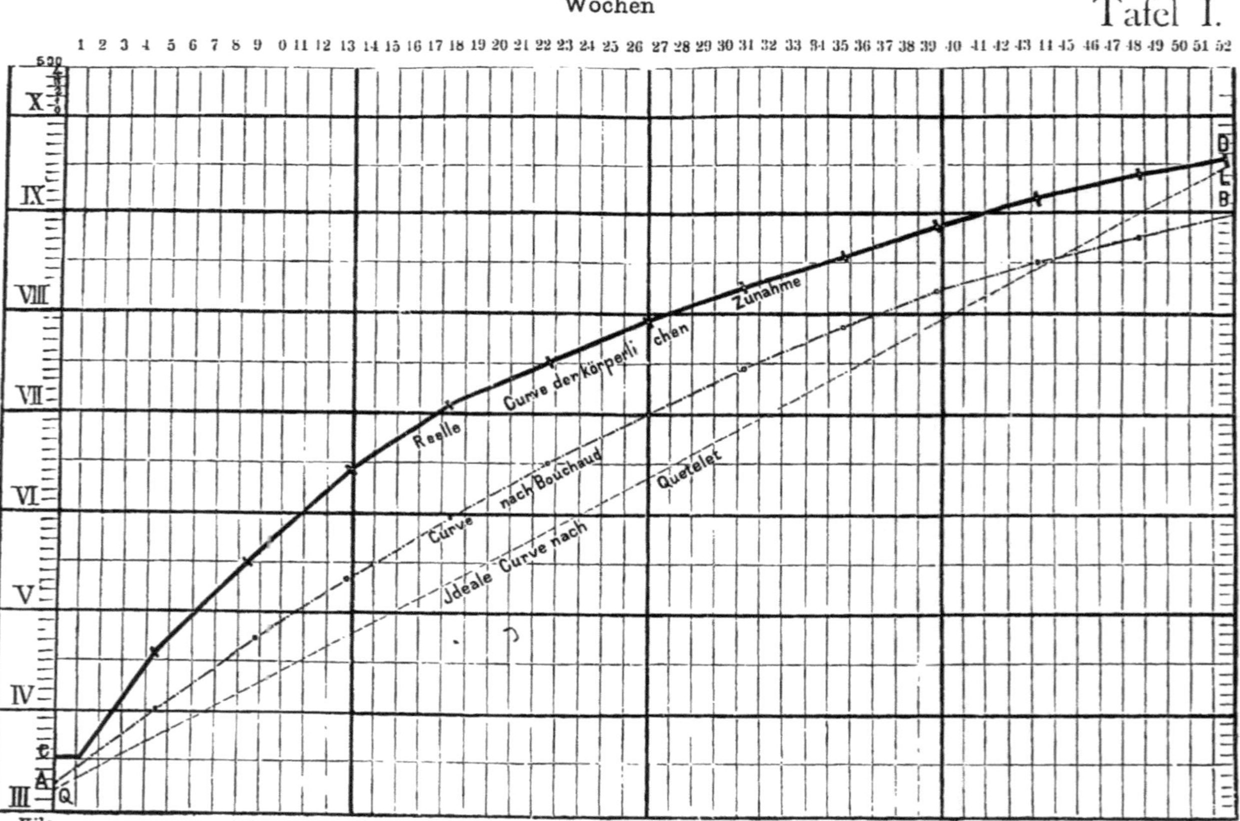

Tafel I.
Wochen
Kilo
Reelle Curve der körperlichen Zunahme
Curve nach Bouchaud
Ideale Curve nach Quetelet

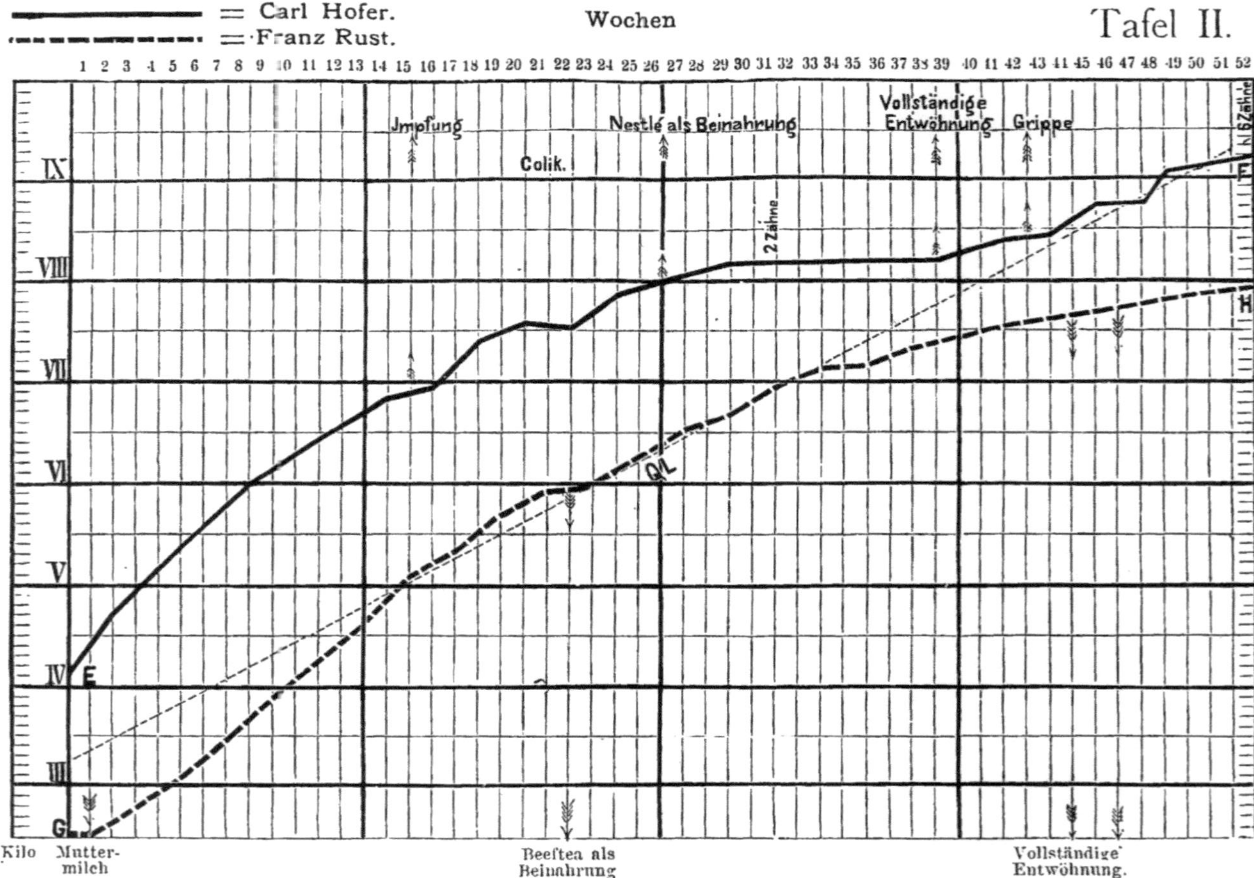

Tafel II.
= Carl Hofer.
= Franz Rust.
Wochen
1 2 3 4 5 6 7 8 9 10 11 12 13 14 15 16 17 18 19 20 21 22 23 24 25 26 27 28 29 30 31 32 33 34 35 36 37 38 39 40 41 42 43 44 45 46 47 48 49 50 51 52
Jmpfung
Colik.
Nestlé als Beinahrung
2 Zähne
Vollständige Entwöhnung
Grippe
Kilo
Mutter-milch
Beeftea als Beinahrung
Vollständige Entwöhnung.

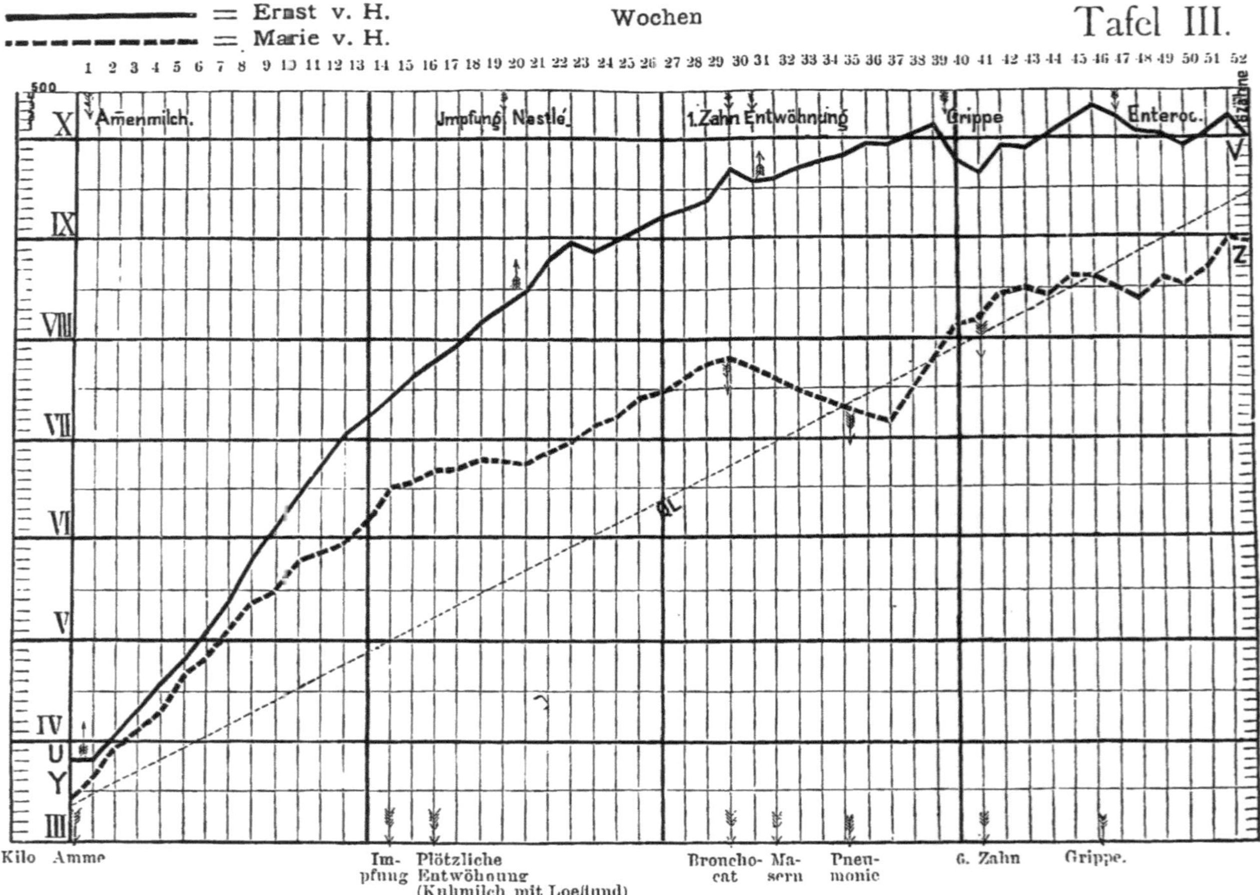

= Ernst v. H.
= Marie v. H.
Wochen
Tafel III.
1 2 3 4 5 6 7 8 9 10 11 12 13 14 15 16 17 18 19 20 21 22 23 24 25 26 27 28 29 30 31 32 33 34 35 36 37 38 39 40 41 42 43 44 45 46 47 48 49 50 51 52
500
Amenmilch.
Impfung Nestlé
1.Zahn Entwöhnung
Grippe
Enteroc.
Zähne
Kilo Amme
Im- Plötzliche
pfung Entwöhnung
(Kuhmilch mit Loeflund)
Broncho- Ma-
cat sern
Pneu- monie
6. Zahn
Grippe.
X IX VIII VII VI V IV U Y III

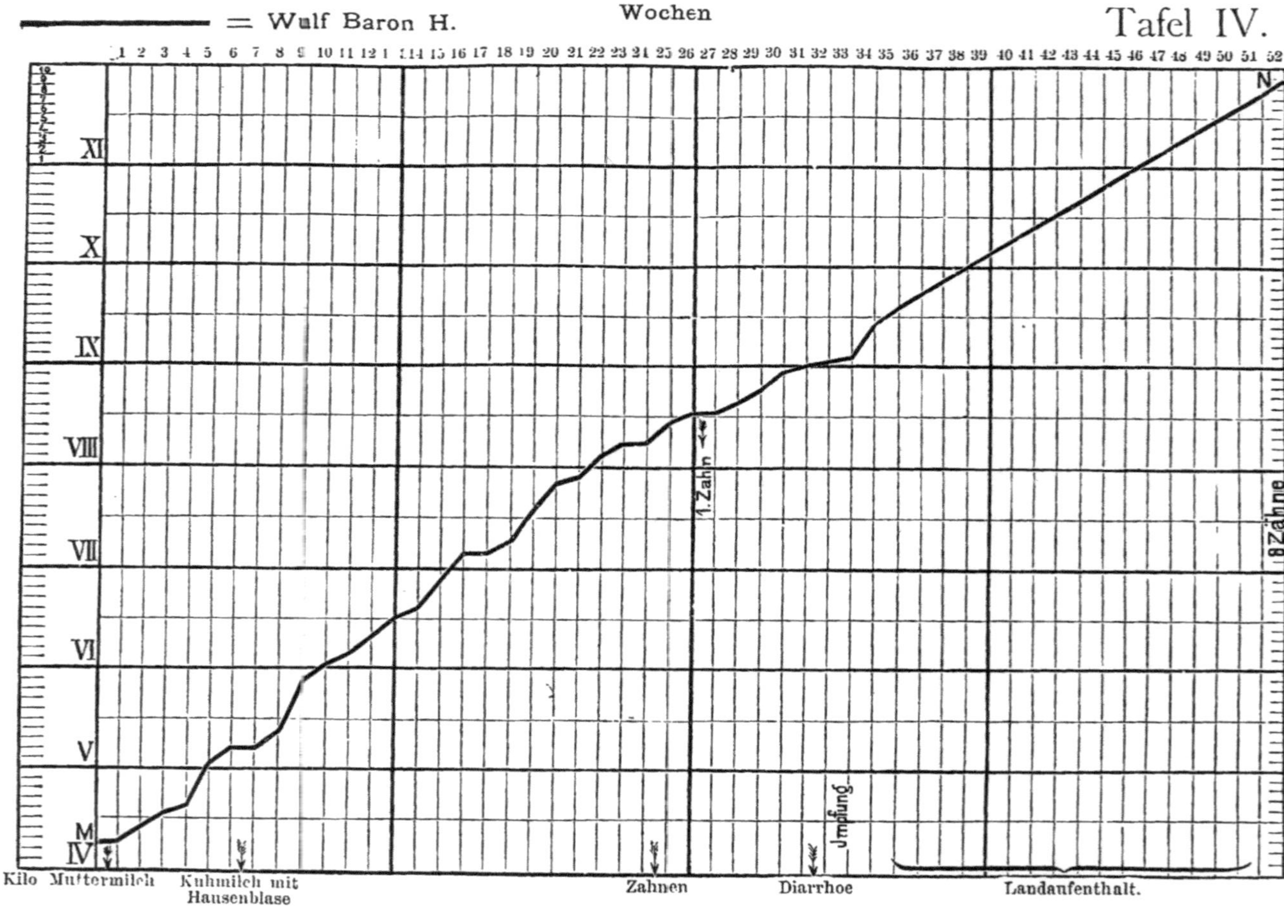

Tafel IV.
Wochen
= Wulf Baron H.
1 2 3 4 5 6 7 8 9 10 11 12 13 14 15 16 17 18 19 20 21 22 23 24 25 26 27 28 29 30 31 32 33 34 35 36 37 38 39 40 41 42 43 44 45 46 47 48 49 50 51 52
N
XI
X
IX
VIII
VII
VI
V
M
IV
8 Zähne
1. Zahn
Impfung
Kilo Muttermilch
Kuhmilch mit Hausenblase
Zahnen
Diarrhoe
Landanfenthalt.

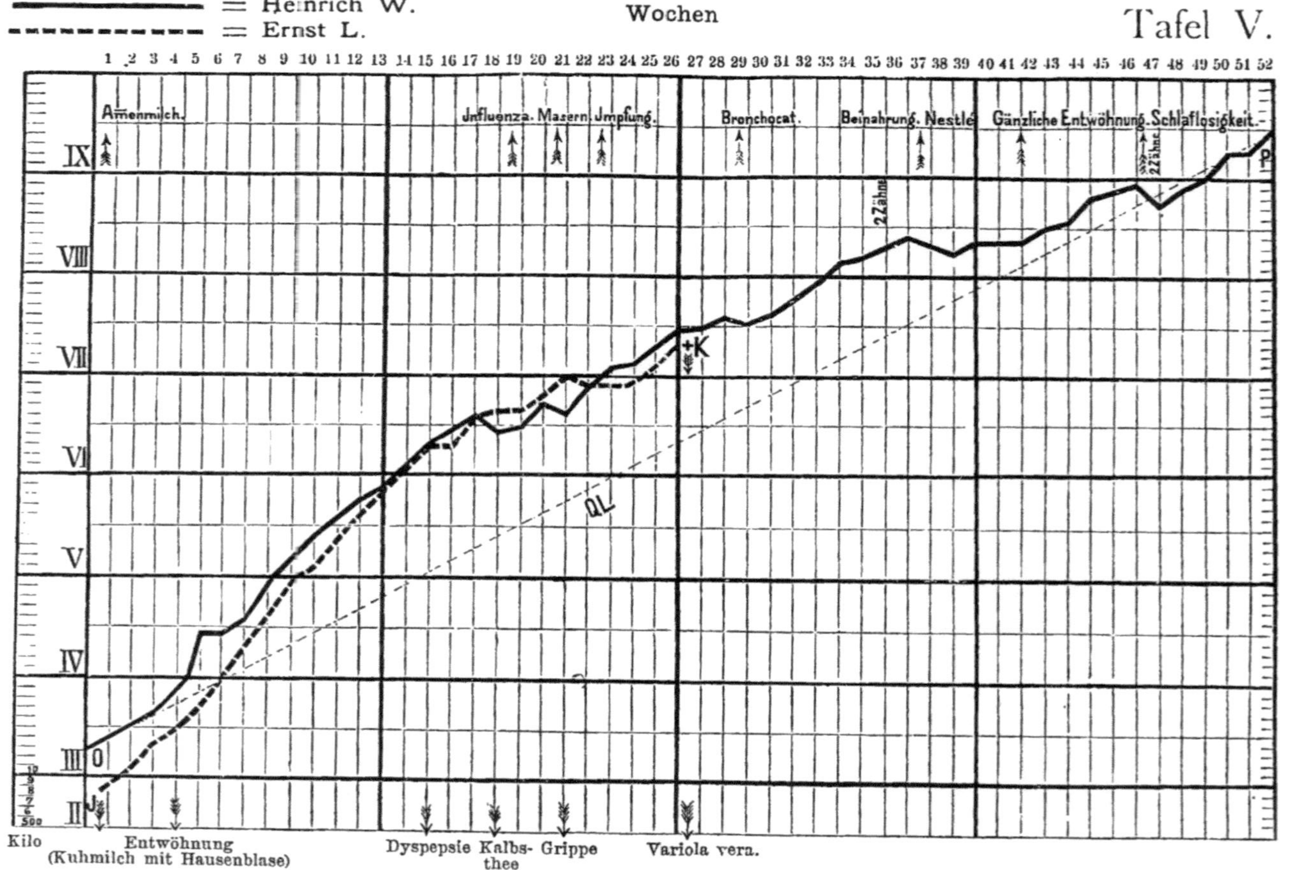

Tafel V.
Wochen
——— = Heinrich W.
--------- = Ernst L.
Ammenmilch.
Influenza. Masern. Impfung.
Bronchocat.
Beinahrung. Nestlé
Gänzliche Entwöhnung. Schlaflosigkeit.
2 Zähne
2 Zähne
+K
QL
Kilo
Entwöhnung
(Kuhmilch mit Hausenblase)
Dyspepsie Kalbs- Grippe
thee
Variola vera.

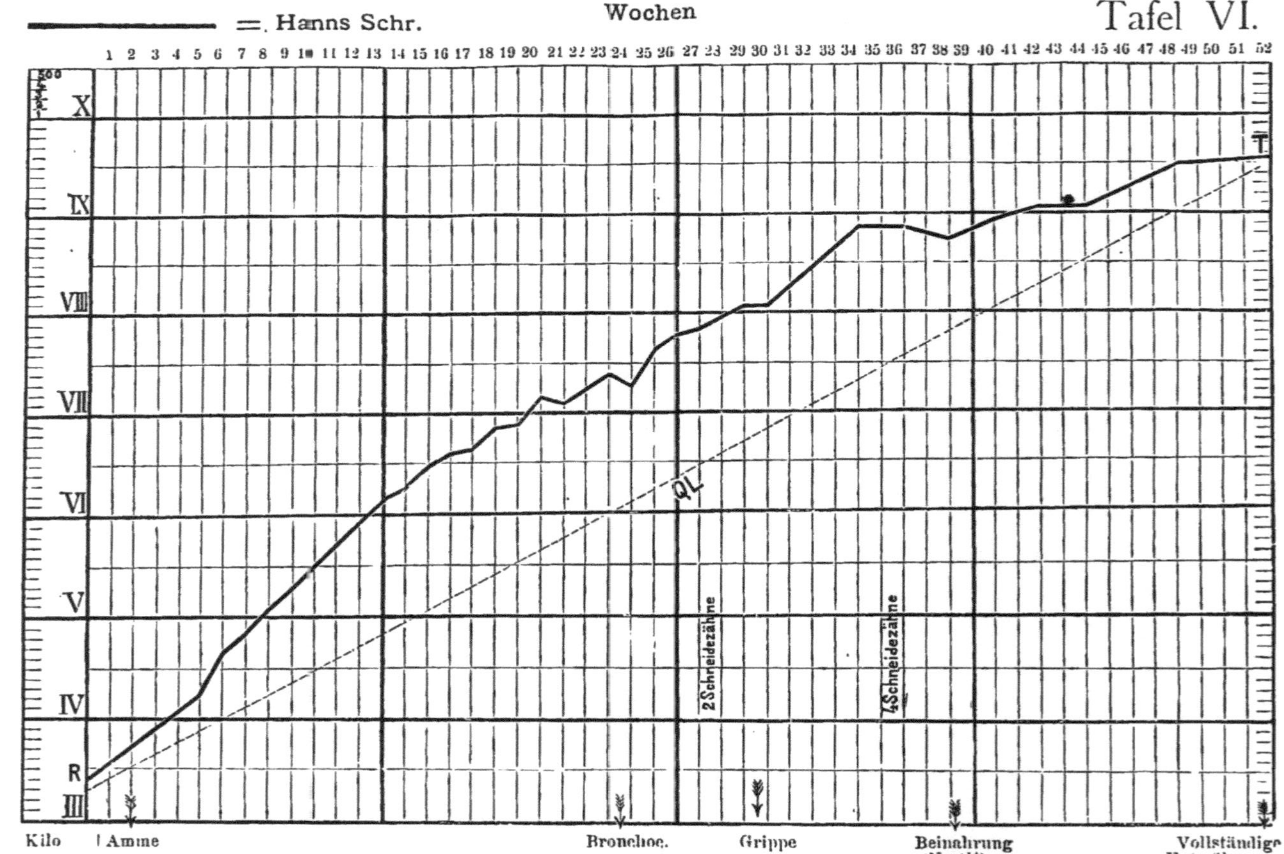
Tafel VI.
Wochen
Hanns Schr.
Kilo
Amme
Bronchoe.
Grippe
Beinahrung
(Nestlé)
Vollständige
Entwöhnung.
2 Schneidezähne
4 Schneidezähne
QL
1 2 3 4 5 6 7 8 9 10 11 12 13 14 15 16 17 18 19 20 21 22 23 24 25 26 27 28 29 30 31 32 33 34 35 36 37 38 39 40 41 42 43 44 45 46 47 48 49 50 51 52